ARTHUR CONAN DOYLE

SHERLOCK HOLMES

ARTHUR CONAN DOYLE

SHERLOCK HOLMES

MAIS AVENTURAS DE SHERLOCK HOLMES

TRADUÇÃO
SILVIO ANTUNHA

Principis

Dados Internacionais de Catalogação na Publicação (CIP) de acordo com ISBD

D754m Doyle, Arthur Conan, 1859-1930

Mais aventuras de Sherlock Holmes / Arthur Conan Doyle ; traduzido por Silvio Antunha. - Jandira, SP : Ciranda Cultural, 2019.
208 p. : il. ; 16cm x 23cm. - (Clássicos da Literatura Mundial)

Inclui índice.
ISBN: 978-85-943-1858-9

1. Literatura inglesa. 2. Ficção. I. Antunha, Silvio. II. Título. III. Série.

2019-474 CDD 823.91
CDU 821.111-3

Elaborado por Vagner Rodolfo da Silva - CRB-8/9410

Índice para catálogo sistemático:
1. Literatura inglesa : ficção 823.91
2. Literatura inglesa : ficção 821.111-3

Esta é uma publicação Principis, selo exclusivo da Ciranda Cultural Editora e Distribuidora Ltda.

Produção: Ciranda Cultural
Texto: Sir Arthur Conan Doyle
Tradução: Silvio Antunha
Preparação: Carla Bitelli

1ª Edição
www.cirandacultural.com.br

Sumário

A Liga dos Homens Ruivos

Fui visitar meu amigo, o senhor Sherlock Holmes, num dia de outono do ano passado e encontrei-o tendo uma conversa séria com um cavalheiro idoso, bastante corpulento, de rosto corado e cabelo de um vermelho intenso. Pedi desculpas pela minha intromissão e estava prestes a me retirar quando, de repente, Holmes me puxou para dentro da sala e fechou a porta atrás de mim.

– Não poderia ter vindo em melhor momento, meu caro Watson – ele disse cordialmente.

– Estava com receio de que você estivesse ocupado.

– Pois estou, e muito!

– Então vou esperar na outra sala.

– De jeito nenhum. Senhor Wilson, este cavalheiro foi meu parceiro e ajudante em muitos dos meus casos mais bem-sucedidos e não tenho dúvida de que será da maior utilidade para mim também no seu caso.

O cavalheiro corpulento ensaiou se levantar da cadeira e me cumprimentou sorrindo, com um olhar rápido e interrogativo de seus olhos miúdos circundados de gordura.

– Sente-se no sofá – disse Holmes para mim, voltando a se ajeitar em sua poltrona e juntando as pontas dos dedos, como era seu costume quando entrava em estado de espírito ajuizado. – Eu sei, meu caro Watson, que compartilha o meu gosto por tudo o que é bizarro, fora do convencional e da rotina monótona da vida cotidiana. Você já revelou esse prazer pelo entusiasmo com que escreve crônicas, e, me desculpe o comentário, até enaltece algumas das minhas pequenas aventuras.

– De fato, os seus casos realmente têm sido do maior interesse para mim – observei.

– Você deve lembrar que observei outro dia, antes de entrarmos no problema muito simples apresentado pela senhorita Mary Sutherland, que, para o caso de efeitos estranhos e combinações extraordinárias, devemos recorrer à própria vida, que é sempre muito mais inventiva do que qualquer esforço da imaginação.

– Uma afirmação que tomei a liberdade de discordar.

– De fato, doutor. Mas ainda assim você deve admitir o meu ponto de vista, pois, de outra forma, continuarei empilhando fatos sobre fatos para você até que sua razão se desintegre debaixo deles e reconheça que estou certo. Eis que o senhor Jabez Wilson aqui presente fez muito bem de me procurar esta manhã e começou a me narrar o que promete ser um dos casos mais singulares de que tomei conhecimento há tempos. Você já me ouviu falar que as coisas mais estranhas e mais exclusivas muitas vezes estão relacionadas não com os crimes maiores, mas com os menores e, eventualmente, de fato, há motivos para se duvidar se algum crime concreto foi cometido. Pelo que ouvi até agora, para mim é impossível dizer se o presente caso é uma instância criminal ou não, mas o curso dos eventos certamente é um dos mais inusitados que já escutei. Talvez, senhor Wilson, você possa fazer a grande gentileza de recomeçar a sua narrativa. Peço-lhe isso não apenas porque o meu amigo doutor Watson não ouviu a parte inicial, mas também porque a natureza peculiar da história me deixa ansioso para obter todos os detalhes possíveis do seu relato. Geralmente, quando ouço pequenas indicações do curso dos acontecimentos, sou capaz de me guiar pelos milhares de outros casos semelhantes que vêm à minha memória. No presente caso, sou forçado a admitir que os fatos são, na melhor das hipóteses, únicos.

O portentoso cliente estufou o peito aparentando certo ar de orgulho e tirou um jornal sujo e amassado do bolso interno do sobretudo. Enquanto olhava a coluna dos anúncios, com a cabeça inclinada para a frente e o jornal estendido sobre os joelhos, examinei bem o homem e me esforcei, segundo o costume do meu companheiro, para captar as indicações que poderiam ser reveladas pela roupa ou pela aparência dele.

Não obtive muitos resultados nessa minha inspeção, contudo. O nosso visitante exibia todos os sinais de um comerciante britânico comum. Era obeso, pomposo e lento, vestia calça social xadrez folgada, sobrecasaca preta não muito limpa, desabotoada na frente, e um colete rústico com uma pesada corrente de ouro tipo Albert e uma peça quadrada de metal pendurada como enfeite. A cartola desgastada e o sobretudo marrom desbotado com colarinho de veludo enrugado repousavam sobre uma cadeira ao lado dele. No conjunto, pelo que pude reparar, não havia nada de notável no homem, exceto seu cabelo vermelho esfogueado e a expressão de extremo desgosto e descontentamento no rosto.

A visão rápida de Sherlock Holmes notou a minha atitude. Ele balançou a cabeça e sorriu quando notou o meu olhar indagador.

– Além dos fatos óbvios de que em algum momento o senhor foi trabalhador braçal, usa rapé, é maçom, esteve na China e tem escrito muito ultimamente, não posso deduzir mais nada.

O senhor Jabez Wilson pulou da cadeira, com o dedo indicador sobre o jornal, mas com o olhar fixo no meu companheiro.

– Como, em nome da boa fortuna, descobriu tudo isso, senhor Holmes? – ele perguntou. – Como sabia, por exemplo, que fui trabalhador braçal? É tão verdadeiro quanto o Evangelho, pois quando comecei a trabalhar era carpinteiro naval.

– Pelas suas mãos, meu caro senhor. A sua mão direita é de um tamanho maior do que a esquerda. Utilizou-a mais e os músculos estão mais desenvolvidos.

– Certo! Mas e o rapé, a maçonaria?

– Não vou insultar sua inteligência dizendo-lhe como percebi isso, especialmente porque, contrariando as regras rígidas da sua ordem, você traz no peito um broche de esquadro e compasso.

– Ah! Claro, esqueci isso. Mas e os escritos?

– O que mais pode indicar o punho tão vistoso da manga direita da camisa e a manga esquerda com um pequeno remendo no local perto do cotovelo onde você se apoia na mesa?

– Bom. E quanto à China?

– O peixe que você tatuou logo acima do pulso direito só poderia ter sido feito na China. Fiz um pequeno estudo a respeito de marcas de tatuagem e até contribuí para a literatura sobre o assunto. Esse truque de colorir as escamas dos peixes num tom rosado é bastante característico da

China. Além disso, como vejo uma moeda chinesa pendurada na corrente do seu relógio, a questão se torna mais simples.

O senhor Jabez Wilson riu com gosto.

– Bem, que coisa! – ele disse. – A princípio, imaginei que você tivesse feito algo extraordinário, mas vejo que não foi nada disso, afinal de contas.

– Começo a pensar, Watson – disse Holmes – que cometi um erro ao explicar tudo. Como sabe, *omne ignotum pro magnifico*[1]. A minha pobre e insignificante reputação irá por água abaixo se eu continuar sendo tão sincero assim. Não consegue encontrar o anúncio, senhor Wilson?

– Sim, acabei de achar – ele respondeu com o dedo vermelho e grosso plantado no meio da coluna. – Aqui está. Foi isto que deu início a tudo. Por favor, leia você mesmo, senhor.

Peguei o jornal das mãos dele e li o seguinte:

> *Para a Liga dos Homens Ruivos: Por conta do falecimento de Ezekiah Hopkins, de Lebanon, Pensilvânia, Estados Unidos, existe agora outra vaga em aberto que dá direito a um membro na Liga ao salário de 4 libras por semana pela prestação de serviços puramente nominais. São elegíveis todos os homens ruivos que estejam em perfeita saúde física e mental, com idade acima de 21 anos. Candidate-se pessoalmente na segunda-feira, às onze horas, com Duncan Ross, no escritório da Liga, em Pope's Court, Fleet Street, 7.*

1 Do latim, "O desconhecido é tido por magnífico". (N.T.)

– Que diabos isso quer dizer? – exclamei depois de ter lido duas vezes o estranho anúncio.

Holmes riu, contorcendo-se na cadeira, como era seu hábito quando estava de bom humor.

– É um pouco estapafúrdio, não é? – ele comentou. – E agora, senhor Wilson, deixe de brincadeiras e nos conte tudo a seu respeito, sua família e o efeito que esse anúncio teve sobre o seu destino. Para começar, doutor, anote o nome e a data do jornal.

– É *The Morning Chronicle*, de 27 de abril de 1890. Apenas dois meses atrás.

– Muito bom. E então, senhor Wilson?

– Bem, é exatamente como eu estava lhe dizendo, senhor Sherlock Holmes – disse Jabez Wilson, esfregando a testa. – Tenho um pequeno negócio de penhores na Coburg Square, perto do centro da cidade. Não é um nada muito grande e nos últimos anos não fez mais do que apenas me sustentar. Eu costumava ter dois assistentes, mas agora estou com apenas um e gostaria de poder pagá-lo como empregado, apesar de ele estar disposto a ganhar metade do salário para aprender a profissão.

– Qual o nome desse jovem tão prestativo? – perguntou Sherlock Holmes.

– O nome dele é Vincent Spaulding e não é tão jovem assim. É difícil dizer a idade dele. Eu não poderia desejar um assistente mais esperto, senhor Holmes. Sei muito bem que é capaz de progredir e ganhar o dobro do que posso lhe pagar. Mas, enfim, se está satisfeito, por que eu deveria encher a cabeça dele com outras ideias?

– Não tem obrigação, não é mesmo? Você parece que teve a sorte de conseguir um funcionário que ganha abaixo do valor de mercado. Não é uma experiência comum entre os empregadores nos dias de hoje. Acho que o seu assistente é tão interessante quanto o seu anúncio.

– É! Mas ele também tem suas falhas – revelou o senhor Wilson. – Nunca vi ninguém gostar tanto de fotografia. Ele sai para passear com a câmera quando seria melhor aperfeiçoar seus pensamentos. Depois, mergulha no porão, como um coelho em sua toca, para revelar as fotos. Essa é a principal falha dele, mas, de um modo geral, é um bom trabalhador, sem vícios.

– Presumo que ele ainda esteja com você?

– Sim, senhor. Ele e uma garota de 14 anos, que cozinha um pouco e mantém o lugar limpo. É tudo o que tenho em casa, pois sou viúvo e nunca tive família. Nós três levamos uma vida sossegada, senhor. Temos um teto sobre as nossas cabeças, pagamos as nossas dívidas e não fazemos nada de mais.

"A primeira coisa que me preocupou foi esse anúncio. Spaulding entrou no escritório nesse dia, há oito semanas, com este mesmo jornal nas mãos, dizendo:

"'Por Deus, senhor Wilson, como eu gostaria de ser ruivo.'

"'Por que diz isso?', perguntei.

"'Porque', respondeu ele, 'abriu outra vaga na Liga dos Homens Ruivos. Vale uma pequena fortuna para qualquer homem que a ocupe. Creio que haja mais vagas do que candidatos, de modo que os responsáveis estão desesperados, sem saberem o que fazer com o dinheiro. Se ao menos o meu cabelo fizesse o favor de mudar de cor, esse seria um jeito fácil e agradável de eu me dar bem.'

"'Mas exatamente do que se trata?', perguntei. Como vê, senhor Holmes, sou um homem muito caseiro e, como os meus negócios vêm a mim em vez de eu ter que sair para procurá-los, muitas vezes fico semanas sem pisar no capacho na porta da rua. Dessa forma, não sei bem o que acontece do lado de fora, e sempre fico feliz com alguma novidade.

"'Já tinha ouvido falar da Liga dos Homens Ruivos?', Spaulding me perguntou de olhos arregalados.

"'Nunca', respondi.

"'Pergunto porque você mesmo é elegível para uma das vagas.'

"'E quanto eles ganham?', perguntei.

"'Ora, apenas umas 200 libras por ano, mas o trabalho é leve e quase não interfere nas outras ocupações das pessoas.'

"Bom, como vocês podem facilmente imaginar, fiquei com a pulga atrás da orelha, pois fazia alguns anos que o meu negócio não vinha bem e umas 200 libras extras viriam muito a calhar.

"'Fale mais sobre isso', pedi.

"'Bem', ele continuou, mostrando-me o anúncio, 'como pode ver, a Liga tem uma vaga e aqui está o endereço onde deve solicitar detalhes. Pelo que sei, a Liga foi fundada por um milionário americano, Ezekiah Hopkins, que tinha muitas esquisitices. Ele próprio era ruivo e sentia grande simpatia por todos os homens ruivos. Quando ele morreu, descobriu-se que havia deixado sua enorme fortuna nas mãos de curadores, com instruções para aplicarem os juros na criação de empregos para homens com o cabelo dessa cor. Pelo que ouvi dizer, o pagamento é muito bom e o trabalho é muito fácil.'

"'Mas', retruquei, 'milhões de homens ruivos poderiam se candidatar.'

"'Não são tantos assim como você pode pensar', ele respondeu. 'Veja bem, na verdade é limitado a londrinos e adultos.

Esse americano começou em Londres quando era jovem e queria fazer algo de bom para a antiga cidade. Então, novamente, ouvi dizer que não adianta alguém se candidatar se tiver o cabelo um pouco vermelho ou até mesmo vermelho-escuro. Não serve outro tom que não seja realmente ruivo brilhante, intenso, vermelho flamejante. Se quisesse se inscrever, senhor Wilson, com certeza conseguiria. Mas talvez não valha a pena se incomodar por causa de apenas 200 libras.'

"Uma coisa é certa, senhores. Como podem ver, o meu cabelo é bem cheio e de um tom muito rico, de modo que me pareceu que, se houvesse alguma competição sobre o assunto, eu teria boas chances. Vincent Spaulding parecia saber tanto sobre o assunto que achei que poderia ser útil. Assim, mandei que ele encerrasse o expediente nesse dia para me acompanhar imediatamente. Ele gostou muito de poder tirar uma folga, então fechamos a loja e fomos para o endereço que constava no anúncio.

"Nunca mais espero ter essa visão de novo, senhor Holmes. De norte, sul, leste e oeste, todo homem com algum cabelo avermelhado veio para o centro da cidade em resposta ao anúncio. A Fleet Street ficou lotada de gente ruiva e a Pope's Court parecia o tabuleiro da carroça de um vendedor de laranjas. Nunca imaginei que existissem tantos desse tipo em todo o país como os que foram reunidos por um simples anúncio. Todos os tons estavam ali representados: laranja, morango, cereja, tijolo, cão *setter* irlandês, fígado, barro. Mas, como disse Spaulding, não eram muitos os que tinham o verdadeiro tom ruivo, vermelho escarlate vivo e flamejante. Quando vi quantos esperavam na fila, desanimei e quis desistir. Mas Spaulding não permitiu. Como ele conseguiu não posso imaginar, mas empurrou, puxou, deu cotoveladas, até que atravessamos a multidão e subimos a escada que levava ao escritório, onde havia um duplo fluxo: uns indo com esperança, outros voltando decepcionados. Nós nos esprememos o máximo possível e, quando percebemos, estávamos no escritório."

– A sua experiência está sendo muito divertida – observou Holmes quando seu cliente fez uma pausa e avivou a memória com uma enorme pitada de rapé. – Por favor, continue o seu depoimento muito interessante.

– Não havia nada no escritório além de um par de cadeiras de madeira e uma mesa, atrás da qual estava sentado um homem pequeno com o cabelo ainda mais ruivo que o meu. Ele dizia algumas palavras para cada candidato que chegava, então sempre conseguia achar algum defeito que o desqualificava. Conseguir uma vaga não parecia tão fácil, afinal de contas. No entanto, quando chegou a nossa vez, o homenzinho foi mais favorável a mim do que a qualquer um dos outros. Ele fechou a porta quando entramos, para que pudesse ter uma conversa particular conosco.

"'Este é o senhor Jabez Wilson', disse o meu assistente, 'e está disposto a preencher uma vaga na Liga.'

"'E é admiravelmente apto para isso', o outro respondeu. 'Atende a todos os requisitos. Não me lembro de ter visto alguém tão bom.' Ele recuou um passo, inclinou a cabeça de lado e examinou o meu cabelo até que eu ficasse bastante constrangido. Então, de repente, avançou, apertou-me a mão e me cumprimentou calorosamente pelo meu sucesso.

"'Seria injusto hesitar', ele afirmou. 'Mas você sem dúvida há de me desculpar por tomar uma precaução óbvia.' Assim, agarrou meu cabelo com as mãos e puxou até que gritei de dor. 'Há lágrimas em seus olhos!', ele exclamou ao me soltar. 'Vejo que está tudo certo. Temos que tomar cuidado, pois já fomos enganados duas vezes por perucas e uma vez por tintura. Posso lhe contar histórias de graxa de sapatos que o fariam desacreditar da natureza humana.' Ele se aproximou da janela e gritou em altos brados que a vaga havia sido preenchida. Um murmúrio de desalento surgiu de baixo, e as pessoas se dispersaram em todas as direções até que não fosse mais vista nenhuma cabeleira vermelha, exceto a minha e a do gerente.

"'O meu nome é Duncan Ross', ele se apresentou. 'Eu mesmo sou um dos beneficiários do fundo deixado pelo nosso nobre benfeitor. Você é casado, senhor Wilson? Tem família?'

"Respondi que não.

"O rosto dele imediatamente se transformou.

"'Que pena', ele disse desolado. 'Isso é muito sério, mesmo. Lamento ouvir essa resposta. O fundo existe, é claro, para preservação e propagação dos ruivos. É extremamente lamentável que você seja solteiro.'

"Fiquei desapontado, senhor Holmes, pois achei que não conseguiria a vaga no fim das contas. Mas, depois de pensar alguns minutos, ele disse que não importava.

"'Se fosse outro', ele afirmou, 'essa objeção poderia ser fatal. Mas temos que contar um ponto a favor de um homem com um cabelo como o seu. Quando poderá assumir as suas novas obrigações?'

"'Bem, é um pouco complicado, pois já tenho um negócio', eu falei.

"'Ora, não se preocupe, senhor Wilson!', acudiu Vincent Spaulding. 'Posso cuidar disso para você.'

"'E qual seria o horário?', perguntei.

"'Das dez às duas', foi a resposta.

"Pois bem, senhor Holmes, os negócios de penhores são feitos principalmente à tarde, em especial nas quintas e sextas-feiras no fim da tarde, perto dos dias de pagamento. Então, seria muito bom para mim ganhar um pouco mais na parte da manhã. Além disso, eu sabia que o meu assistente era um homem correto e que daria conta de qualquer coisa que aparecesse.

"'Seria muito bom para mim', eu disse. 'E quanto ao pagamento?'

"'São 4 libras por semana.'

"'E o trabalho?'

"'É puramente nominal.'

"'O que você chama de puramente nominal?'

"'Bem, você precisa ficar no escritório, ou então no prédio, o tempo todo. Se sair, perde o emprego para sempre. A cláusula é muito clara a respeito desse ponto. Você não cumpre as condições se deixar o escritório durante esse período de tempo.'

"'São apenas quatro horas por dia, não vou pensar em sair', afirmei.

"'Não aceitaremos desculpas', advertiu Duncan Ross, 'nem doença, nem negócios, nem qualquer outra coisa. Ou você fica, ou perde o lugar.'

"'E qual é o trabalho?", perguntei.

"'É de copiar a Enciclopédia Britânica. O primeiro volume está neste armário. Você deve trazer sua própria tinta, canetas bico de pena e mata-borrão; nós fornecemos esta mesa e a cadeira. Está pronto para começar amanhã?'

"'Certamente', respondi.

"'Então, adeus, senhor Jabez Wilson, e mais uma vez parabéns pela importante posição que teve a sorte de conquistar.' Ele me acompanhou até sair da sala e voltei para casa com o meu assistente, quase sem saber o que dizer ou fazer, de tão satisfeito que estava com a minha própria boa sorte.

"Pensei no assunto o dia todo e, à noite, fiquei novamente pessimista, pois não estava convencido de que todo esse caso não seria um grande engano ou fraude, embora não pudesse imaginar com qual objetivo. Parecia completamente impensável que alguém tivesse tal desejo ou que pagasse tanto para alguém fazer uma coisa tão simples como copiar a Enciclopédia Britânica. Vincent Spaulding fez o que pôde para me animar, mas na hora de dormir eu já havia decidido desistir da coisa toda. Na manhã seguinte, porém, resolvi ver do que se tratava. Então comprei um vidro de tinta que custou 1 centavo, uma caneta bico de pena e sete folhas de papel almaço, e fui para Pope's Court.

"Bem, para a minha surpresa e alegria, tudo estava na mais perfeita ordem possível, com a mesa arrumada e pronta para mim. O senhor Duncan Ross estava lá para ver se eu entendera direito o trabalho. Ele me fez começar pela letra 'A', e depois se retirou, mas voltava de vez em quando para ver se estava tudo bem comigo. Às duas da tarde, ele se despediu, elogiando-me pelo tanto que eu tinha escrito, e trancou a porta do escritório depois que saí.

"Isso aconteceu dia após dia, senhor Holmes, e no sábado o gerente compareceu e pagou as 4 moedas de ouro pelo meu trabalho da semana. Na semana seguinte, foi do mesmo jeito; e na outra semana também. Todas as manhãs eu estava lá às dez e saía às duas da tarde. Aos poucos, o senhor Duncan Ross começou a ir apenas de manhã e, depois de algum tempo, nem aparecia. Ainda assim, é claro, nunca ousei deixar a sala nem por um instante, pois não tinha certeza de quando ele poderia vir, e o emprego era tão bom e adequado para mim que eu não me arriscaria a perdê-lo.

"Assim se passaram oito semanas. Eu havia copiado 'abades', 'arco e flecha', 'armadura', 'arquitetura' e 'Ática', e desejava ansiosamente que logo pudesse entrar na letra 'B'. Isso me custava bastante papel almaço e eu já tinha uma prateleira quase cheia com os meus escritos. Mas então, de repente, todo o negócio chegou ao fim.

– Chegou ao fim?

– Sim, senhor, exatamente nesta manhã. Cheguei ao meu trabalho às dez horas, como de costume, porém a porta estava fechada e trancada, com um pequeno cartaz pregado no meio do painel. Aqui está, leia você mesmo.

Ele mostrou um pedaço de cartolina branca do tamanho de uma folha de memorando, onde se lia o seguinte aviso:

A Liga dos Homens Ruivos
foi dissolvida em
9 de outubro de 1890.

Sherlock Holmes e eu examinamos o breve recado e o rosto pesaroso por trás do mesmo, até que o lado cômico do caso superou tão completamente qualquer outra consideração que nós dois explodimos em gargalhadas.

– Não consigo ver nada engraçado nisso – protestou nosso cliente, enrubescendo até as raízes do seu cabelo flamejante. – Se vocês não podem fazer nada melhor do que rir de mim, vou procurar outras pessoas.

– Não, não – disse Holmes, fazendo-o voltar para a cadeira da qual ele havia se levantado. – Eu realmente não perderia o seu caso por nada neste mundo. É incrivelmente interessante e incomum. Mas existe, se me desculpa observar, algo um tanto engraçado nessa história. Conte, por favor, o que fez depois que encontrou o cartaz na porta?

– Fiquei atordoado, senhor. Não sabia o que fazer. Fui perguntar nos escritórios próximos, mas ninguém parecia saber nada a respeito. Por fim, fui ao senhorio, que é um contador que mora no andar térreo, e perguntei se ele poderia me dizer o que havia acontecido com a Liga dos Homens Ruivos. Ele disse que nunca tinha ouvido falar desse pessoal. Então, indaguei quem era o senhor Duncan Ross. Ele respondeu que esse nome era novo para ele.

"'Bem', eu disse, 'o cavalheiro do nº 4.'

"'Ah! O homem ruivo?', ele perguntou.

"'Sim.'

"'Bem', o homem falou, 'o nome dele é William Morris. Era um advogado e usava a minha sala temporariamente até seu novo escritório ficar pronto. Ele se mudou ontem.'

"'Onde posso encontrá-lo?'

"'Em seu novo escritório. Ele me deu o endereço, King Edward Street, 17, perto da St. Paul's Cathedral.'

"Fui até lá, senhor Holmes, mas, ao chegar ao endereço, era uma fábrica de próteses para joelhos e ninguém nunca tinha ouvido falar dos senhores William Morris ou Duncan Ross.

– E o que você fez então? – Holmes perguntou.

– Voltei para casa na praça Saxe-Coburg e pedi a opinião do meu assistente, mas ele não tinha como me ajudar de modo algum. Só soube dizer que se eu aguardasse talvez recebesse alguma comunicação pelo correio. Mas isso não bastou para mim, senhor Holmes. Não quero perder esse emprego sem lutar, então, como tinha ouvido dizer que você atende aos pobres que precisam de ajuda, vim direto para cá.

– E fez muito bem – disse Holmes. – O seu caso é extremamente interessante e ficarei feliz em dar uma olhada nele. Pelo que me contou, acho possível que existam problemas mais graves do que pode parecer à primeira vista.

– Gravíssimo! – disse o senhor Jabez Wilson. – Ora, perdi 4 libras por semana.

– No que diz respeito o seu envolvimento pessoal – comentou Holmes –, não vejo motivos para se queixar dessa liga extraordinária. Muito pelo contrário, no meu entendimento. Você ficou umas 30 libras mais rico, para não falar do conhecimento minucioso que adquiriu em cada assunto que comece pela letra "A". Não teve nenhum prejuízo com eles.

– Não senhor, mas eu quero saber mais sobre eles, quem são e qual foi o objetivo de me pregarem essa peça, se é que foi apenas uma brincadeira. Aliás, uma brincadeira bem cara para eles, pois lhes custou 32 libras.

– Vamos nos esforçar para esclarecer esses pontos. Para começar, uma ou duas perguntas, senhor Wilson. Quanto tempo estava com você esse assistente que inicialmente chamou sua atenção para o anúncio?

– Cerca de um mês na época.

– Como ele apareceu?

– Em resposta a um anúncio.

– Foi o único candidato?

– Não, havia uma dúzia deles.

– Por que o escolheu?

– Porque era expedito e ganharia pouco.

– Pela metade do salário, na verdade.

– Sim.

– Pode descrever esse Vincent Spaulding?

– Ele é baixo, encorpado, ágil, sem barba no rosto, embora tenha quase 30 anos. Tem uma mancha esbranquiçada de ácido na testa.

Holmes sentou-se em sua cadeira visivelmente agitado.

– Imaginei – ele disse. – Chegou a observar se as orelhas dele têm furos para brincos?

– Sim, senhor. Ele me disse que um cigano tinha feito isso para ele quando rapaz.

– Hum! – disse Holmes, aprofundando seu pensamento. – Ele ainda está com você?

– Sim, senhor; acabei de deixá-lo lá.

– E o seu negócio foi bem atendido na sua ausência?

– Nada para me queixar, senhor. Nunca há muito o que fazer na parte da manhã.

– Já é o suficiente, senhor Wilson. Terei o prazer de lhe dar uma opinião sobre o assunto dentro de um dia ou dois. Hoje é sábado e espero chegar a uma conclusão até segunda-feira.

"'Bem, Watson', disse Holmes, quando o nosso visitante foi embora, 'o que acha dessa história toda?'"

– Não acho nada – respondi francamente. – É um caso muito misterioso.

– De um modo geral, pelo que diz a regra – comentou Holmes – quanto mais bizarra for a coisa, menos misteriosa ela se mostra. Já os crimes comuns, aparentemente sem importância, são realmente os mais intrigantes, da mesma forma que um rosto comum é mais difícil de ser identificado. Contudo, preciso ser rápido neste caso.

– O que vai fazer? – perguntei.

– Rapé – ele respondeu. – Vou precisar de umas três boas pitadas. Rogo que não fale comigo por cerca de 50 minutos.

Ele se enroscou na poltrona, com os joelhos finos quase alcançando seu nariz aquilino, e ali ficou sentado, de olhos cerrados, o cachimbo de argila preta se projetando para fora da boca como o bico de um pássaro estranho. Cheguei à conclusão de que ele havia adormecido e, na verdade, eu mesmo já pendia a cabeça quando de repente ele pulou da poltrona, disposto como um homem que tomara uma decisão, e largou o cachimbo sobre a cornija da lareira.

– Sarasate se apresenta no St. James's Hall à tarde – ele comentou. – O que acha, Watson? Os seus pacientes podem esperar algumas horas?

– Não tenho nada para fazer hoje. A minha prática médica nunca é muito intensa.

– Então bote o chapéu e venha. Vou passar no centro da cidade antes. Podemos almoçar no caminho. Reparei que no programa consta muita música alemã, que eu gosto muito mais do que a italiana ou francesa. É introspectiva e quero introspecção. Vamos!

Fomos de metrô até Aldersgate. Depois, uma curta caminhada nos levou à Saxe-Coburg Square, cenário da singular história que ouvíramos pela manhã. Era um lugar modesto, pequeno e ensebado, onde quatro conjuntos de sobrados de dois andares com fachada de tijolos aparentes davam de frente para um pequeno recinto fechado, no qual um canteiro de ervas daninhas e algumas touceiras descoradas lutavam bravamente contra a carga de fumaça do ar poluído. Três esferas douradas e uma placa marrom com a inscrição "Jabez Wilson" em letras brancas, numa casa de esquina, anunciavam o lugar onde o nosso cliente ruivo realizava seus negócios. Sherlock Holmes parou na frente do lugar e olhou de soslaio por toda parte, com os olhos brilhando entre as pálpebras franzidas. Então, caminhou lentamente pela rua e depois foi para a esquina, ainda examinando atentamente as casas. Por fim, voltou para a casa de penhores e, depois de cutucar forte na calçada duas ou três vezes com sua bengala, foi até a porta e bateu. Imediatamente um jovem de boa aparência, com a cara limpa, sem barba, atendeu e pediu que ele entrasse.

– Obrigado! – disse Holmes. – Eu só queria perguntar como posso ir daqui para o Strand.

– Terceira à direita, quarta à esquerda – o assistente respondeu prontamente, fechando a porta.

– Rapaz esperto, esse – observou Holmes quando fomos embora. – A meu ver, é o quarto homem mais inteligente de Londres, e pela ousadia não tenho certeza se não poderia reivindicar a terceira posição. Já sabia algo a respeito dele antes.

– Evidentemente – eu disse. – O assistente do senhor Wilson é responsável por boa parte desse mistério da Liga dos Ruivos. Tenho certeza de que você o questionou apenas para poder vê-lo.

– Ele não.

– O quê, então?

– Os joelhos das calças.

– E o que viu?

– O que esperava ver.

– Por que bateu na calçada?

– Meu caro doutor, este é um momento de observação, não de prosa. Somos espiões no campo de batalha do inimigo.

Já conhecemos alguma coisa da Saxe-Coburg Square. Agora vamos explorar a parte de trás desta área.

A rua em que estávamos quando viramos a esquina da praça Saxe-Coburg apresentava tanto contraste com esta quanto a parte da frente e a de trás de um quadro. Era uma das principais artérias que levava o trânsito da cidade para o norte e o oeste. A via estava congestionada, com uma imensa fila de veículos comerciais que fluía nos dois sentidos, e as calçadas estavam apinhadas de pedestres apressados. Era difícil perceber, ao ver aquela sequência de lojas finas e instalações comerciais majestosas, que elas na verdade terminavam do outro lado, na retraída e estagnada praça de onde vínhamos.

– Vamos ver – disse Holmes, olhando ao longo da linha de prédios, parado na esquina. – Eu gostaria apenas de lembrar a ordem das casas aqui. É um passatempo meu, para ter um conhecimento exato de Londres. Ali está a loja do Mortimer, o vendedor de rapé, a banca de jornais, a filial de Coburg do City and Suburban Bank, o restaurante vegetariano e o depósito McFarlane, do fabricante de carruagens. Isso nos leva à outra quadra. E agora, doutor, que fizemos o nosso trabalho, está na hora de nos divertirmos um pouco com um sanduíche e uma xícara de café. Depois, vamos para a terra dos violinos, onde tudo é doçura, delicadeza e harmonia, sem clientes ruivos para nos aborrecer com seus enigmas.

O meu amigo era um músico bastante entusiasmado, embora fosse ao mesmo tempo um artista muito capacitado e um compositor comum, sem qualquer mérito. Todas as tardes ele sentava-se na plateia envolto na mais perfeita felicidade, acompanhando docemente com os dedos longos e finos o ritmo da música, enquanto seu rosto sorridente e seu olhar lânguido e sonhador em nada lembravam o Holmes cão de caça, Holmes o implacável, habilidoso e preparado agente da lei. Em sua pessoa singular, a natureza dual se afirmava alternadamente, e sua extrema exatidão e astúcia representavam, como sempre pensei, uma reação contra o pendor poético e contemplativo que eventualmente predominava nele. A oscilação de sua natureza levava-o da extrema languidez à energia devoradora. E, como eu sabia muito bem, ele jamais era verdadeiramente tão formidável como quando passava dias na poltrona enfronhado em meio a seus improvisos e seus livros de edições antigas. Era assim que a volúpia da caçada subitamente tomava conta dele e que seu brilhante poder de raciocínio alcançava o nível da intuição, até o ponto em que aqueles que não conheciam seus métodos consideravam-no um homem cujo conhecimento não era igual ao dos outros mortais. Quando o vi naquela tarde, extasiado com a música no St. James's Hall, senti que maus prenúncios chegariam a quem ele se preparava para perseguir.

– Sem dúvida volta para casa, doutor? – ele quis saber quando saímos.

– Sim, seria bom.

– E eu tenho um assunto para resolver que vai demorar algumas horas. Esse caso em Coburg Square é sério.

– Por que é sério?

– Um grande golpe está sendo preparado. Tenho todas as razões para acreditar que chegaremos a tempo de detê-lo. Mas hoje é sábado, o que complica um pouco as coisas. Precisarei da sua ajuda esta noite.

– A que horas?

– Dez está bom.

– Estarei em Baker Street às dez.

– Muito bem. Aviso, doutor, que pode haver um pouco de perigo, então é melhor se prevenir colocando o seu revólver do exército no bolso. – Ele acenou com a mão, deu meia-volta e desapareceu na multidão num segundo.

Acredito que eu não seja menos inteligente do que ninguém. Mas sempre fico oprimido com a sensação da minha própria estupidez quando estou lidando com Sherlock Holmes. Eis que eu tinha ouvido o que ele tinha ouvido, tinha visto o que ele tinha visto, e mesmo assim, pelas palavras dele, era evidente que ele viu claramente não só o que aconteceu como também o que estava para acontecer, enquanto que para mim todo aquele caso ainda era confuso e grotesco. Enquanto eu me dirigia para minha casa em Kensington, pensei naquilo tudo, na extraordinária história do copiador ruivo da Enciclopédia, até a visita a Saxe-Coburg Square e as palavras agourentas com que ele tinha se despedido de mim. Que missão noturna seria essa e por que eu deveria ir armado? Aonde iríamos e o que faríamos? Eu tinha a dica de Holmes de que esse assistente de cara lisa do dono da casa de penhores era um sujeito temível, um homem que poderia jogar pesado. Tentei desvendar algo, mas desisti desconsolado e decidi deixar o assunto para lá até que a noite trouxesse alguma explicação.

Era nove e quinze da noite quando saí de casa. Atravessei o parque e depois segui pela Oxford Street para Baker Street. Duas carruagens de aluguel estavam paradas na porta. Quando entrei no corredor, escutei o som de vozes no andar de cima. Ao entrar na sala, encontrei Holmes em animada conversa com dois homens, um dos quais reconheci como Peter Jones, agente policial, enquanto que o outro era um homem de rosto comprido, magro e triste, com um chapéu muito pomposo e sobrecasaca opressivamente respeitável.

– Ah! Agora o nosso grupo está completo – disse Holmes, abotoando o paletó e pegando seu pequeno chicote de caça da prateleira. – Watson, acho que você já conhece o senhor Jones, da Scotland Yard. Mas deixe-me apresentá-lo ao senhor Merryweather, que será nosso companheiro na aventura desta noite.

– Como vê, estamos novamente caçando em dupla, doutor – disse Jones do seu jeito ponderado. – Este nosso amigo aqui é um homem incrível para iniciar uma perseguição. Tudo o que ele precisa é de um cachorro velho para ajudá-lo a farejar.

– Só espero que o alvo da nossa caçada não seja um ganso selvagem – comentou melancólico o senhor Merryweather.

– Pode confiar plenamente no senhor Holmes – afirmou o agente da polícia sem rodeios. – Ele tem seus próprios métodos, que são, se ele não se importar com o meu comentário, um pouco teóricos e fantásticos demais. Mas ele tem jeito para detetive. Não é exagero lembrar que mais de uma vez, como nos casos do assassinato de Sholto e do tesouro de Agra, ele estava mais certo do que os policiais.

– Ah, se você diz, senhor Jones, está tudo bem – replicou o estranho com deferência. – Ainda assim, confesso que sinto falta do meu joguinho de cartas. É a primeira noite de sábado em 27 anos que não vou jogar.

– Acho que vai descobrir – disse Sherlock Holmes – que nesta noite você vai participar de uma jogada muito maior do que qualquer outra e que a disputa será bem mais emocionante. Fique sabendo, senhor Merryweather, que estão em jogo 30 mil libras. E você, Jones, poderá capturar o homem em quem tanto deseja botar as mãos.

– John Clay, assassino, ladrão, encrenqueiro e falsário. Ele é jovem, senhor Merryweather, mas está no auge de sua profissão, e eu gostaria de colocar as minhas algemas nele mais do que em qualquer outro criminoso de Londres. Trata-se de um homem notável, esse jovem John Clay. Seu avô era um duque da casa real e ele próprio estudou em Eton e Oxford. Seu cérebro é tão ágil quanto seus dedos e, embora encontremos sinais dele a cada passo, jamais sabemos onde encontrá-lo. Ele faz um roubo na Escócia numa semana e levanta dinheiro para construir um orfanato na Cornualha na semana seguinte. Sigo seu rastro há anos, mais ainda não consegui pôr os olhos nele.

– Espero ter o prazer de apresentá-lo esta noite. Também estive uma ou duas vezes no encalço do senhor John Clay e concordo com você que está no auge da profissão. Mas já passa das dez e é tempo de partirmos. Se vocês dois pegarem a primeira carruagem, Watson e eu seguimos na segunda.

Sherlock Holmes não foi muito comunicativo durante o longo percurso e recostou-se na carruagem cantarolando as músicas que tinha ouvido à tarde. Atravessamos um labirinto sem fim de ruas iluminadas a gás até sairmos na Farrington Street.

– Estamos perto agora – observou meu amigo. – Esse Merryweather é diretor de um banco e está pessoalmente interessado no assunto. Também achei bom ter o Jones conosco. Ele não é mau sujeito, embora seja um completo imbecil em sua profissão. Mas tem uma virtude positiva: é corajoso como um buldogue e tenaz como uma lagosta quando consegue colocar suas garras em alguém. Chegamos. Eles estão nos esperando.

Voltamos à mesma rua congestionada em que estivemos pela manhã. Dispensamos as carruagens de aluguel e, seguindo a orientação do senhor Merryweather, passamos por um corredor estreito e entramos por uma porta lateral, que ele abriu para nós. Ali dentro, uma pequena passagem desembocava num enorme portão de ferro, que também foi aberto e dava para um lance de uma escada de pedra com degraus sinuosos, que terminava em outro portão enorme. O senhor Merryweather parou para acender uma lanterna e depois nos conduziu por uma passagem escura, com cheiro de terra; então, depois de abrir uma terceira porta, entramos num imenso cofre-forte ou porão, onde empilhavam-se caixotes e engradados enormes.

– Você não está muito vulnerável, visto de cima – Holmes observou enquanto segurava a lanterna e olhava para ele.

– Nem de baixo – disse Merryweather, cutucando com a bengala as lajes que cobriam o chão. – Puxa, meu caro, isso parece totalmente oco! – ele observou, olhando para cima surpreso.

– Vou lhe pedir para que fale um pouco mais baixo! – disse Holmes, chamando-lhe a atenção seriamente. – Você vai colocar em risco o sucesso da nossa missão. Será que preciso implorar para que você tenha a bondade de se sentar numa dessas caixas e não interferir?

O solene senhor Merryweather se encarapitou em cima de uma caixa, com uma expressão muito ofendida estampada no rosto, enquanto Holmes se ajoelhou no chão e, com a lanterna e uma lupa, começou a examinar minuciosamente as fendas entre as pedras. Poucos segundos bastaram para que ele ficasse satisfeito, pois voltou a se levantar e guardou a lupa no bolso.

– Teremos que esperar pelo menos uma hora – Holmes avisou –, pois eles dificilmente poderão agir enquanto o bom senhor dono da casa de penhores não estiver firmemente pregado na cama. Depois disso, não perderão um minuto sequer, pois, quanto antes fizerem o trabalho, mais tempo terão para escapar. Sem dúvidas, como você já deve ter adivinhado, doutor, no momento estamos no porão da filial da cidade de um dos principais bancos de Londres. O senhor Merryweather é o presidente da diretoria e ele lhe explicará por quais motivos os mais atrevidos criminosos de Londres têm tanto interesse nesse porão no presente momento.

– É pelo nosso ouro francês – sussurrou o diretor. – Recebemos vários alertas de que uma tentativa de assalto pode ocorrer.

– Ouro francês?

– Sim. Há alguns meses tivemos a oportunidade de fortalecer os nossos recursos e, para essa finalidade, emprestamos 30 mil em napoleões do Banco da França. Tornou-se sabido que não tivemos ocasião de desempacotar o dinheiro, que ainda está guardado em nosso porão. O caixote sobre a qual estou sentado contém dois mil napoleões embalados entre camadas de folhas de chumbo. No momento, a nossa reserva de lingotes é muito maior do que geralmente mantemos em uma única filial, e os diretores estão preocupados.

– Uma preocupação muito justificada – observou Holmes. – Bem, chegou a hora de executarmos nossos planos. Espero que dentro de uma hora a ação chegue ao clímax. Enquanto isso, senhor Merryweather, precisaremos cobrir essa lanterna.

– Ficaremos na escuridão? – Receio que sim. Eu trouxe um baralho no bolso, pois achei que, como estamos em quatro pessoas, poderíamos disputar uma partida, afinal de contas. Mas vejo que os preparativos do inimigo estão adiantados, e não podemos arriscar a presença de nenhuma claridade. Bom!

Em primeiro lugar, precisamos escolher nossas posições. Eles são homens ousados e, embora estejam em desvantagem numérica, podem nos ferir se não tomarmos cuidado. Eu vou ficar atrás deste caixote, e vocês podem se esconder atrás daqueles. Então, quando eu piscar uma luz sobre eles, cerquem-nos depressa. Se eles dispararem armas, Watson, não hesite em abatê-los.

Coloquei o meu revólver, engatilhado, no topo da caixa de madeira por trás da qual me agachei. Holmes tampou a frente de sua lanterna e nos deixou na escuridão total: numa escuridão tão absoluta como nunca antes eu havia sentido. O cheiro de metal quente da tampa permaneceu no ar, garantindo que a luz da lanterna ainda estava acesa, pronta para piscar no momento certo. Para mim, com os nervos à flor da pele por causa da expectativa, havia algo deprimente e melancólico na repentina escuridão e no ar frio e úmido do cofre-forte.

– Eles só têm uma saída – sussurrou Holmes –, que é voltar para a casa da Saxe-Coburg Square. Jones, espero que tenha feito o que lhe pedi.

– Tenho um inspetor e dois policiais esperando na porta da frente.

– Então tapamos todos os buracos. Agora vamos ficar em silêncio e aguardar.

Como o tempo demorou a passar! Depois, comparando anotações, vi que esperamos apenas uma hora e 15 minutos, embora me parecesse que quase a noite inteira tinha passado e que já estivesse amanhecendo acima de nós. As minhas pernas estavam cansadas e rígidas, pois eu temia mudar de posição. Mantinha os nervos em máxima tensão e a minha audição estava tão aguçada que eu não só podia ouvir a respiração suave dos meus companheiros como conseguia distinguir a respiração mais profunda e pesada do robusto Jones do tom fino e suspiroso do diretor do banco. Da minha posição, dava para ver o chão através da caixa. De repente, os meus olhos captaram um brilho de luz.

A princípio, era apenas uma faísca bruxuleante sobre as pedras do chão. Então, ela se alongou até formar uma linha amarela e depois, sem aviso ou som, um vão pareceu se abrir e uma mão apareceu: uma mão branca, quase feminina, surgiu no centro da pequena área iluminada. Por um minuto ou mais, a mão se projetou no chão com os dedos se contorcendo. Depois, foi retirada tão repentinamente quanto apareceu e tudo voltou a ficar escuro, exceto pela faísca bruxuleante que marcava a fenda entre as pedras.

O desaparecimento, porém, foi apenas momentâneo. Com um ruído cortante e rasgado, uma pedra branca larga girou para o lado, abrindo um buraco quadrado através do qual brilhou a luz de uma lanterna. Por ali, o rosto liso de um jovem espionou minuciosamente o ambiente e, então, com uma mão de cada lado da abertura, foi suspendendo o corpo até a altura dos ombros e da cintura, e enfim apoiou um dos joelhos na borda. Num segundo, ele saltou para fora do buraco e se pôs de lado para erguer um companheiro, tão pequeno e leve como ele próprio, de rosto pálido e cabelo de um ruivo chocante.

– Está tudo bem – ele sussurrou. – Trouxe o pé de cabra e as sacolas? Grande Scott! Venha, Archie, pule, que eu vou fechar isso!

Sherlock Holmes surgiu e pegou o intruso pelo colarinho. O outro mergulhou no buraco, e ouvi o som de panos rasgados quando Jones agarrou seu casaco. Um clarão brilhou no cano de um revólver, mas o chicote do Holmes se abateu sobre o pulso do homem e a pistola retiniu no chão de pedra.

– Não adianta, John Clay – disse Holmes tranquilamente. – Você não tem nenhuma chance.

– Estou vendo – o outro respondeu com a máxima frieza. – Mas acho que o meu colega está bem, embora você tenha ficado com pedaços das costas do casaco dele.

– Temos três homens esperando por ele na porta – revelou Holmes.

– Ah! É verdade, parece que você fez tudo à perfeição. Devo cumprimentá-lo.

– E eu a você – retrucou Holmes. – Sua ideia dos homens ruivos foi muito original e eficiente.

– Em breve você verá o seu colega novamente – disse Jones. – Ele é mais rápido para escapar por buracos do que eu. Aguente firme enquanto eu lhe coloco as algemas.

– Só lhe peço que não me toque com suas mãos imundas – avisou o nosso prisioneiro quando as algemas se fecharam em seus pulsos. – Talvez o senhor não saiba que tenho sangue nobre nas veias. E tenha também a bondade, quando se dirigir a mim, de sempre me tratar como "senhor" e de dizer "por favor".

– Tudo bem – concordou Jones, admirado e sorrindo. – Podemos então, por favor, senhor, subir para o andar de cima, onde vamos conseguir uma carruagem de aluguel para levar vossa alteza à delegacia de polícia?

– Assim está melhor – disse John Clay com serenidade. Ele fez uma reverência para nós três e andou calmamente sob a custódia do detetive.

– De verdade, senhor Holmes – o senhor Merryweather falou quando saímos do porão –, não sei como o banco pode lhe agradecer ou recompensá-lo. Sem dúvida você detectou e desarticulou da forma mais completa uma das tentativas de roubo a banco mais arrojadas de que tenho conhecimento.

– Eu precisava acertar uma ou duas coisinhas com o senhor John Clay – disse Holmes. – Tive algumas pequenas despesas com esse caso e espero que o banco reembolse. Fora isso, sinto-me amplamente recompensado por essa experiência, que de muitas maneiras foi única, e por ter conhecido a notável narrativa da Liga dos Homens Ruivos.

"Como vê, Watson – ele me explicou de madrugada enquanto tomávamos uísque com soda em Baker Street –, era óbvio desde o começo que o único objetivo possível dessa história mais do que fantástica, do anúncio da Liga e da cópia da Enciclopédia, seria manter esse não muito brilhante dono da casa de penhores fora do caminho por algumas horas durante o dia. Foi uma maneira curiosa de ajeitar as coisas. Mas, na verdade, seria difícil criar outra melhor. O método, sem dúvida, foi sugerido pela mente engenhosa do Clay por causa da cor do cabelo de seu cúmplice. As quatro libras por semana foram a isca para atrair aquele senhor e pouco representavam para eles, que tinham em jogo milhares de libras. Eles publicaram o anúncio, um pilantra ficou no escritório temporário, o outro malandro incitou o homem a se candidatar, e juntos conseguiram garantir a ausência dele todas as manhãs na semana. Desde o momento em que ouvi falar do assistente sendo contratado por metade do salário, ficou óbvio para mim que ele tinha algum bom motivo para querer a vaga.

– Mas como você conseguiu adivinhar o motivo?

– Se existissem mulheres na casa, eu suspeitaria de uma mera intriga comum. Mas isso estava fora de questão. O negócio de penhores do homem era pequeno, e não havia nada na casa dele que explicasse preparativos tão elaborados e tantas despesas como as que foram feitas. Então, devia ser algo fora da casa. O que poderia ser? Pensei no assistente aficionado por fotografia e seu truque de desaparecer no porão. O porão! Era o fim dessa trama emaranhada. Assim, investiguei esse assistente misterioso e descobri que estava lidando com um dos criminosos mais frios e mais perigosos de Londres. Ele estava fazendo algo no porão, algo que lhe tomou muitas horas por dia durante meses a fio. O que poderia ser dessa vez? Não pude pensar em nada exceto que ele estava fazendo um túnel para outro prédio.

– Assim que cheguei a essa conclusão, fomos visitar a cena da ação. Eu surpreendi você ao cutucar a calçada com a minha bengala. Era para verificar se o porão ficava na frente ou atrás. Não ficava na frente. Então toquei o sino e, como esperava, o assistente respondeu. Tivemos algumas escaramuças, mas nunca tínhamos posto os olhos um no outro antes. Eu mal olhei para a cara dele. Eram seus joelhos que eu queria examinar. Você deve ter observado o quanto estavam desgastados, enrugados e manchados. Eles denunciavam aquelas horas de escavação. O único ponto que restava saber era o que eles estavam tramando. Passei pela esquina, vi o City and Suburban Bank encostado nas instalações do nosso amigo, e senti que tinha resolvido o problema. Quando você foi para casa depois do concerto, convoquei a Scotland Yard e o presidente da diretoria do banco, com o resultado que você já viu.

– E como descobriu que eles fariam a tentativa nesta noite? – perguntei.

– Bem, quando eles fecharam os escritórios da Liga, era sinal de que não se importavam mais com a presença do senhor Jabez Wilson ou, em outras palavras, que haviam terminado o túnel. Mas era essencial que o usassem logo, pois o túnel poderia ser descoberto ou os lingotes poderiam ser removidos. O sábado seria a melhor data para eles, pois teriam dois dias para fugir. Por todas essas razões, esperava que eles viessem hoje à noite.

– Foi um belo raciocínio! – exclamei sem fingir admiração. – Embora a corrente fosse bem longa, cada elo se ligava perfeitamente.

– Esse caso me salvou do tédio – ele respondeu, bocejando. – Que pena! Já estou sentindo isso se aproximar de mim. Passo a minha vida num longo esforço para escapar dos lugares-comuns da existência. Esses problemas insignificantes me ajudam.

– Mas você é um benfeitor da raça – elogiei.

Ele deu de ombros.

– Bem, talvez isso tenha alguma utilidade, afinal de contas – ele observou. – "*L'homme c'est rien, l'oeuvre c'est tout*"[2], como Gustave Flaubert escreveu para George Sand.

2 Do francês, "O homem não é nada, o trabalho é tudo". (N.T.)

As Cinco Sementes de Laranja

Quando dou uma olhada nas minhas anotações e nos meus registros sobre os casos de Sherlock Holmes entre os anos de 1882 e 1890, eu me deparo com tantos deles com características curiosas e interessantes que não é fácil saber quais pegar e quais deixar. Alguns casos, entretanto, já ganharam notoriedade através dos jornais e outros não oferecem espaço para as qualidades peculiares que o meu amigo possuía em tão elevado grau e que estes relatos visam ilustrar. Certos casos, ainda, desafiaram a habilidade analítica dele e seriam, enquanto narrativas, histórias com começo, mas sem final. Outros, no entanto, foram apenas parcialmente esclarecidos, mas suas explicações se basearam mais em conjecturas e suposições do que sobre aquela prova lógica absoluta que lhe era tão cara. Há, contudo, um dos casos mais recentes, que foi tão notável em seus detalhes e teve resultados tão reveladores que de certa forma sou tentado a fazer um relato dele, apesar do fato de existirem pontos vinculados a esses acontecimentos que nunca foram e provavelmente jamais serão esclarecidos por completo.

O ano de 1887 nos forneceu uma longa série de casos de maior ou menor interesse, dos quais retive os registros. Entre os meus apontamentos no prazo de 12 meses, encontro relatos da aventura da Câmara Paradol, da Sociedade dos Mendicantes Amadores, que possuía um luxuoso clube no porão de um depósito de móveis, além dos fatos relacionados à perda do barco britânico *Sophy Anderson*, das aventuras singulares dos Grice Paterson na ilha de Uffa e, finalmente, do caso de envenenamento de Camberwell. Neste último, como é fácil lembrar, Sherlock Holmes foi capaz de, ao dar um restinho de corda no relógio do morto, provar que a corda já havia sido dada duas horas antes e que, portanto, o falecido foi para a cama nessa hora, uma dedução da maior importância no esclarecimento do caso. Todas essas histórias posso rascunhar numa data futura, mas nenhuma delas apresenta características tão singulares quanto a estranha série de circunstâncias que agora vou descrever com a minha caneta bico de pena.

Era final de setembro e os ventos do equinócio de outono tinham chegado com violência excepcional. Durante o dia todo, a ventania uivava e a chuva batia nas janelas, de modo que, mesmo aqui, no coração da grandiosa cidade de Londres, éramos forçados a afastar por instantes as nossas mentes da rotina da vida cotidiana para reverenciar a presença daquelas grandes forças dos elementos da natureza, que ganiam contra a humanidade por entre as barreiras da civilização, como feras indomadas aprisionadas numa jaula. Conforme entardecia, a tempestade se tornava cada vez mais forte e mais ruidosa e o vento gritava e soluçava na chaminé como uma criança. Sherlock Holmes estava sentado de bom humor num lado da lareira, cruzando informações de seus registros criminais, enquanto eu, no outro lado, estava profundamente interessado na leitura de uma das belas histórias do mar de Clark Russell, a tal ponto que o uivo do vendaval lá fora parecia se confundir com o texto e os respingos da chuva se prolongavam na impetuosa agitação das ondas do mar. A minha esposa estava visitando a mãe dela e mais uma vez fui morar por alguns dias nos meus antigos aposentos na Baker Street.

– Escute! – disse eu, olhando para o meu companheiro. – Tenho certeza de que a campainha tocou. Quem poderia vir aqui numa noite assim? Algum amigo seu, talvez?

– Além de você, não tenho nenhum outro – ele respondeu. – E não incentivo visitas.

– Algum cliente, então?

– Se for, então o caso é sério. Nada de pouca importância faria um homem sair numa noite assim e a essa hora. Mas acho que é mais provável que seja algum amigo da senhoria.

Sherlock Holmes estava errado em sua conjectura, pois ouvimos passos no corredor e uma batida na porta. Ele esticou seu comprido braço para afastar a lamparina e desviar a claridade para a cadeira vazia na qual o recém-chegado deveria se sentar.

– Entre! – disse ele.

O homem que entrou era jovem, aparentando no máximo 22 anos de idade, distinto e bem-vestido, de porte um tanto refinado e gentil. O guarda-chuva gotejante que ele trazia na mão e sua longa capa impermeável brilhante atestavam o clima feroz que enfrentara para vir. Ele olhou ansioso ao redor e sob o clarão da lamparina pude ver que seu rosto estava pálido e os olhos pesados, como os de um homem sob o peso de uma grande ansiedade.

– Devo desculpas a vocês – ele disse, levando o *pince-nez* de ouro aos olhos. – Espero não incomodar. Receio ter trazido alguns rastros da tempestade e da chuva para sua sala confortável.

– Por favor, me dê a capa e o guarda-chuva – disse Holmes. – Esses objetos podem ficar aqui no cabideiro e logo estarão secos. Você veio do sudoeste, correto?

– Sim, de Horsham.

– Essa mistura de barro e calcário que eu vejo na ponta dos seus sapatos é bem distinta.

– Vim em busca de aconselhamento.

– Que será facilmente obtido.

– E de ajuda.

– Isso nem sempre é tão fácil.

– Ouvi falar a seu respeito, senhor Holmes. Soube pelo major Prendergast que você o salvou do escândalo no clube Tankerville.

– Ah! Claro, ele foi injustamente acusado de trapacear no carteado.

– Disse que você poderia resolver qualquer coisa.

– Ele falou demais.

– Que você jamais foi derrotado.

– Já fui derrotado quatro vezes, três vezes por homens e uma vez por uma mulher.

– Mas o que é isso em comparação com o número de seus sucessos?

– É verdade que em geral tenho tido sucesso.

– Então espero que também seja assim comigo.

– Por favor, traga a sua cadeira para perto da lareira e me dê alguns detalhes sobre o seu caso.

– Não é um caso comum.

– Nenhum caso que vem a mim é comum. Sou a derradeira instância, uma espécie de último tribunal de recursos.

– Apesar disso, ainda me pergunto se o senhor, com toda a sua experiência, já teria ouvido uma sequência de eventos mais misteriosos e inexplicáveis do que os que aconteceram na minha própria família.

– Você despertou o meu interesse – disse Holmes. – Por favor, conte-nos os fatos essenciais desde o início, para que depois eu possa questioná-lo sobre os detalhes que me parecerem mais importantes.

O jovem puxou a cadeira e esticou os pés molhados para perto do calor das chamas da lareira.

– O meu nome – ele disse – é John Openshaw, mas os meus próprios negócios não têm, no meu entendimento, quase nada a ver com esta história horrível. É uma questão de herança, então, para lhe dar uma ideia dos fatos, preciso voltar ao começo do caso.

– Você deve saber que o meu avô tinha dois filhos, o tio Elias e o meu pai, Joseph. O meu pai possuía uma pequena fábrica em Coventry, que foi ampliada na época da invenção da bicicleta. Ele registrou a patente do pneu maciço Openshaw, que não fura e o negócio teve tanto sucesso que ele conseguiu vendê-lo e se aposentou com o suficiente para levar uma bela vida confortável.

"O tio Elias emigrou para Os Estados Unidos quando jovem e se tornou fazendeiro na Flórida, onde teria se dado muito bem. Na época da guerra civil americana, ele lutou no exército sulista de Jackson. Depois, esteve sob o comando de Hood, quando chegou a ser coronel. Quando o general Lee se rendeu, o meu tio voltou para sua plantação, onde permaneceu por três ou quatro anos. Por volta de 1869 ou 1870, ele voltou para a Europa e comprou uma pequena propriedade rural em Sussex, perto de Horsham. Ele havia feito uma fortuna bastante considerável nos Estados Unidos e a razão para deixar o país foi sua aversão aos negros e o descontentamento com a política republicana de estender o direito de voto a eles. Era um homem peculiar, enérgico, de pavio curto, muito desbocado quando ficava com raiva, embora fosse retraído. Durante todos os anos que morou em Horsham, duvido que alguma vez tenha posto os pés na cidade. Ele tinha um jardim e dois ou três campos em volta da casa e lá fazia seus exercícios, embora muitas vezes durante semanas sequer saísse de seu quarto. Bebia muito conhaque e fumava bastante, mas não era sociável e não queria fazer amizade com ninguém, nem mesmo com seu próprio irmão.

"Ele não se importava comigo, mas se apegou a mim na época em que me conheceu, quando eu era apenas um garoto de 12 anos. Isso foi no ano de 1878 e então ele já tinha voltado havia oito ou nove anos para a Inglaterra. Implorou ao meu pai que me deixasse viver com ele e era muito gentil comigo, do jeito dele. Quando estava sóbrio, gostava de jogar gamão e damas comigo e me tornou seu representante, tanto com os criados quanto com os comerciantes, de modo que, no momento em que fiz 16 anos, eu era quase o patrão da casa. Eu tomava conta de todas as chaves e podia ir aonde quisesse e fazer o que me aprouvesse, desde que não o incomodasse em sua privacidade. Mas havia uma única exceção, que era um quarto exclusivo dele, um quarto com lareira no sótão, que ficava invariavelmente trancado e ao qual nunca permitiu a entrada, nem minha e nem de ninguém. Com a curiosidade natural de menino, eu espiava pelo buraco da fechadura, mas jamais consegui ver mais do que baús velhos e fardos antigos amontoados, como se esperaria num quarto desse tipo.

"Um dia, em março de 1883, uma carta com selo estrangeiro foi colocada sobre a mesa, na frente do prato do coronel. Não era muito comum ele receber cartas, pois suas contas estavam sempre em dia, eram pagas em dinheiro e ele não tinha amigos de qualquer tipo. 'Veio da Índia', ele disse ao pegá-la, 'com carimbo postal de Pondicherry! O que pode ser isto?'. Ao abri-la apressadamente, de dentro saltaram cinco pequenos caroços de laranja, que caíram no prato. Eu comecei a rir daquilo, mas o riso sumiu dos meus lábios quando vi o rosto dele, de beiço caído, olhos esbugalhados e a pele num tom pastel. Ele olhava fixo para o envelope que ainda estava segurando na mão trêmula: 'K.K.K.!', ele berrou. Depois continuou: 'Ah, meu Deus, meu Deus, os meus pecados me alcançaram!'.

"'O que é isso, tio?', perguntei assustado.

"'A morte', ele disse, levantando-se da mesa, retirando-se para seu quarto e me deixando trêmulo de pavor. Peguei o envelope e vi rabiscada com tinta vermelha na aba interna, logo acima da cola, a letra K, três vezes repetida. Não havia nada mais além dos cinco caroços. Qual poderia ser o motivo daquele medo avassalador? Saí da mesa do café da manhã e, quando subia a escada, encontrei-o descendo com uma velha chave enferrujada, que devia ser do sótão, em uma das mãos e uma pequena caixa de latão, como um cofrinho, na outra.

"'Eles que façam o que quiserem, mas ainda vou colocá-los em xeque-mate', ele disse, rogando pragas. 'Diga a Mary que vou querer a lareira do meu quarto acesa hoje e mande chamar Fordham, o advogado de Horsham'.

"Fiz o que ele ordenou e quando o advogado chegou, eu fui convidado a subir para o quarto. O fogo estava alto na lareira e sobre a grelha havia uma massa de cinzas empretecidas e fofas, como de papel queimado, enquanto que a caixa de latão estava aberta e vazia ao lado. Quando olhei para a caixa, notei de relance, com um susto, que na tampa estava impresso o tríplice K que eu tinha lido pela manhã no envelope.

"'Quero que você, John', disse meu tio, 'seja testemunha do meu testamento. Eu deixo a minha propriedade, com todas as suas vantagens e desvantagens, para o meu irmão, seu pai, cuja herança, sem dúvida, irá para você, para que possa desfrutar em paz do bom e do melhor! Se acha que não pode fazer isso, siga o meu conselho, meu garoto e deixe-a para o seu maior inimigo. Lamento dar-lhe uma faca de dois gumes, mas não posso saber que rumo as coisas vão tomar. Por favor, assine o papel que o senhor Fordham lhe mostra'.

"Assinei o papel como foi indicado e o advogado levou-o embora com ele. Este incidente singular causou, como vocês podem imaginar, a mais profunda impressão sobre mim. Examinei e ponderei a respeito desse assunto, de tudo quanto foi jeito na minha mente, mas sem ser capaz de entender nada. Além disso, não consegui afastar o vago sentimento de medo que ficou para trás, embora tal sensação tenha enfraquecido à medida que as semanas passaram e não aconteceu nada que perturbasse a rotina habitual de nossas vidas. Pude notar uma mudança de comportamento no meu tio, todavia. Ele bebia mais do que nunca e evitava cada vez mais qualquer tipo de convívio social. Passava a maior parte do tempo no quarto, com a porta trancada por dentro, mas, às vezes, saía de lá numa espécie de delírio causado pela bebedeira, explodia para fora da casa e pisoteava o jardim de revólver na mão, gritando que não temia a homem nenhum e que nenhum homem ou demônio haveria de fazê-lo viver confinado como uma ovelha no aprisco. Quando esses ataques furiosos terminavam, porém, ele corria para dentro atormentado, trancava a porta e montava uma barricada por trás, como um homem que já não consegue mais se livrar do terror que fincou raízes na sua alma. Nessas ocasiões, eu via seu rosto, mesmo em dias frios, brilhando de suor, como se ele tivesse acabado de se molhar numa bacia.

"Bem, para concluir o assunto, senhor Holmes e não abusar da sua paciência, chegou uma noite em que ele saiu numa dessas bebedeiras e da qual nunca mais voltou. Nós o encontramos, quando fomos procurá-lo, debruçado numa pequena lagoa coberta de vegetação que existia no jardim. Não havia nenhum sinal de violência e a água tinha apenas meio metro de profundidade, de modo que o júri, levando em conta a conhecida excentricidade dele, decidiu o veredito como sendo 'suicídio'. Mas eu, que sabia como ele estremecia ao pensar na morte, tive muita dificuldade em me convencer de que desviou seu caminho para encontrá-la. O assunto passou, porém e meu pai tomou posse da propriedade e de cerca de 14 mil libras, que ficaram à sua disposição como crédito no banco."

– Um momento – Holmes interrompeu. – O seu depoimento é, pelo que estou prevendo, um dos mais notáveis que já escutei. Preciso saber a data do recebimento da carta pelo seu tio e a data do suposto suicídio dele.

– A carta chegou em 10 de março de 1883. A morte dele ocorreu sete semanas depois, na noite de 2 de maio.

– Obrigado. Por favor, continue.

– Quando meu pai assumiu a propriedade de Horsham, ele, a meu pedido, fez um exame cuidadoso do sótão, que sempre ficava trancado. Encontramos a caixa de latão, mas sem o conteúdo, que havia sido destruído. Na parte interna da tampa, havia um rótulo de papel com as iniciais K.K.K. repetidas ali e as palavras "Cartas, memorandos, recibos e registros" escritas embaixo. Isso, presumimos, indicava a natureza dos papéis destruídos pelo coronel Openshaw. De resto, não havia nada de muito importante no sótão, exceto uma grande quantidade de papéis espalhados e cadernetas que tratavam da vida do meu tio nos Estados Unidos. Algumas eram do tempo de guerra e mostravam que ele tinha cumprido seu dever e que fazia jus à reputação de soldado valente. Outras datavam da época de reconstrução dos estados sulinos e registravam principalmente preocupações políticas, pois ele evidentemente havia tomado forte partido em oposição aos políticos itinerantes enviados do norte.

"Bem, do começo do ano de 1884, quando meu pai foi morar em Horsham, até o mês de janeiro de 1885, tudo correu da melhor forma possível conosco. No quarto dia depois do ano novo, escutei o meu pai dar um forte grito de surpresa quando nos sentamos à mesa do café da manhã. Lá estava ele, sentado com um envelope recém-aberto numa mão e cinco caroços de laranja na palma estendida da outra. Ele sempre ria do que chamava da minha história bizarra sobre o coronel, mas parecia muito assustado e intrigado agora que a mesma coisa acontecera pessoalmente com ele. 'Mas que diabos! O que significa isso, John?', ele balbuciou.

"O meu coração parecia ter se transformado em chumbo. 'É K.K.K.', respondi.

"Ele olhou dentro do envelope. 'Pois é'", exclamou, 'são mesmo essas letras. Mas o que está escrito acima delas?'

"'Coloque os papéis no relógio de sol', eu li, espiando por cima do ombro do meu pai.

"'Quais papéis? Que relógio de sol?', ele perguntou.

"'O relógio de sol do jardim, não existe outro', afirmei, 'mas devem ser os papéis que foram destruídos.' 'Bah!', ele disse, agarrando-se com força à sua coragem. 'Aqui estamos numa terra civilizada e não podemos tolerar uma tolice desse tipo. De onde veio a coisa?'

"'De Dundee', respondi, olhando o carimbo do correio.

"'Alguma piada de mau gosto'", ele disse, 'o que eu tenho a ver com relógios de sol e papéis? Não tomarei conhecimento de bobagens.'

"'Eu certamente falaria com a polícia', eu disse. 'Para ser ridicularizado pelos meus pecados. Nem pensar.'

"'Então, posso fazer isso?', pedi. 'Não, eu o proíbo. Não farei nenhum alvoroço por causa de uma asneira como essa.'

"Tentei argumentar, mas foi em vão, pois ele era um homem muito obstinado. Obedeci, entretanto, com o coração cheio de maus pressentimentos.

"No terceiro dia após a chegada da carta, meu pai saiu de casa para visitar um velho amigo, o major Freebody, que está no comando de um dos fortes em Portsdown Hill. Fiquei feliz por ele ter ido, pois me parecia que ficava mais distante do perigo quando estava longe de casa. No entanto, eu estava errado. No segundo dia de sua ausência, recebi um telegrama do major, implorando-me que fosse correndo. O meu pai tinha caído num dos muitos poços de calcário profundos que existem na região e jazia desacordado, com o crânio quebrado. Eu me apressei para vê-lo, mas ele faleceu sem recuperar a consciência. Pelo que parece, ele voltava de Fareham ao entardecer. Como a área era desconhecida e o poço não estava cercado, o júri não hesitou decretar o veredito como 'morte por causas acidentais'. Apesar de todo cuidado enquanto examinava cada fato relacionado à morte dele, eu não consegui encontrar nada que pudesse sugerir a ideia de assassinato. Não havia sinais de violência, nem pegadas, nem roubo, nem registro de estranhos nas estradas. Ainda assim, não preciso lhe dizer que a minha mente estava longe de ficar à vontade e que eu tinha certeza quase absoluta de que alguma trama sórdida havia sido tecida ao redor dele.

"Foi dessa maneira sinistra que recebi a minha herança. Vai me perguntar por que não a desprezei? A resposta é porque eu estava bem convencido de que os nossos problemas de certa forma eram dependentes de algum incidente na vida do meu tio e que o perigo seria tão premente em uma casa como em outra.

"Foi em janeiro de 1885 que meu pobre pai encontrou seu fim e dois anos e oito meses se passaram desde então. Durante esse tempo, eu vivi feliz em Horsham e comecei a ter esperanças de que essa maldição de família tivesse passado e que havia acabado com a última geração. Mas, comecei a me consolar cedo demais, pois na manhã de ontem, o golpe foi desferido da mesma forma que caiu sobre o meu pai."

O jovem tirou do colete um envelope amarrotado e, virando-se para a mesa, sacudiu-o e deixou cair cinco sementes de laranja.

– Esse é o envelope – ele prosseguiu. – O carimbo do correio é da divisão leste de Londres. Dentro estão as próprias palavras que estavam na última mensagem do meu pai: "K.K.K". E, depois, "coloque os papéis no relógio de sol".

– E que você fez? – perguntou Holmes.

– Nada.

– Nada?

– Para dizer a verdade – ele afundou o rosto em suas mãos finas e brancas – eu me senti indefeso, como um daqueles pobres coelhos quando a cobra está rastejando em direção a ele. Pareço estar ao alcance de algum mal inevitável e inexorável, contra o qual nenhuma previsão e nenhuma precaução podem proteger.

– Chega! – gritou Sherlock Holmes. – Você precisa reagir, homem, ou estará perdido. Nada além de energia pode salvá-lo. Não é hora de se desesperar.

– Procurei a polícia.

– Ah!

– Mas eles riram ao ouvir minha história. Estou convencido de que o inspetor é da opinião de que as letras são brincadeiras e que as mortes dos meus parentes realmente foram acidentais, como afirmou o júri e não deveriam estar relacionadas aos avisos.

Holmes ergueu os punhos cerrados no ar.

– Imbecilidade total! – ele exclamou.

– Eles, porém, destacaram um policial que pode permanecer em casa comigo.

– E ele veio com você nesta noite?

– Não. As ordens dele foram para ficar na casa.

Mais uma vez Holmes deu socos no ar.

– Por que não me procurou antes? – ele estranhou. – Mas, principalmente, por que não me procurou logo?

– Eu não o conhecia. Foi só hoje que falei com o major Prendergast sobre os meus problemas e fui aconselhado por ele a vir até você.

– Na verdade, já faz dois dias que você recebeu a carta. Nós deveríamos ter agido antes. Suponho que você não tenha mais evidências do que aquilo que colocou diante de nós. Por acaso não teria nenhum detalhe sugestivo que pudesse nos ajudar?

– Tem uma coisa – disse John Openshaw, revirando o bolso do casaco, de onde tirou um pedaço de papel azulado descolorido, que colocou sobre a mesa. – Tenho uma vaga lembrança – ele disse. – No dia em que meu tio queimou os papéis, observei que as pequenas bordas não queimadas que se encontravam entre as cinzas eram dessa cor particular. Encontrei esta única folha no chão do quarto dele e estou inclinado a pensar que pode ser um papel que talvez tenha se soltado dos outros, dessa forma escapando da destruição. Além da menção aos caroços, não acho que isso nos ajude muito. Penso que é uma página de algum diário pessoal. A letra, sem dúvida, é do meu tio.

Holmes girou a lamparina e ambos nos curvamos sobre a folha de papel, que mostrava por sua borda rasgada que realmente tinha sido arrancada de uma caderneta. O título era "Março de 1869" e embaixo constavam os seguintes avisos enigmáticos:

Dia 4. Hudson veio. A mesma plataforma antiga.

Dia 7. Colocar as sementes em McCauley, Paramore e John Swain, de St. Augustine.

Dia 9. McCauley desmarcou.

Dia 10. John Swain desmarcou.

Dia 12. Visitei Paramore. Tudo bem.

– Obrigado! – disse Holmes, dobrando o papel e devolvendo-o ao nosso visitante. – E agora você não deve, em nenhuma circunstância, perder nem mais um instante. Não podemos perder tempo sequer para discutir o que você me contou. Você deve voltar para casa imediatamente e agir.

– O que devo fazer?

– Só há uma coisa a fazer e que precisa ser feita o quanto antes. Você deve colocar esse pedaço de papel que nos mostrou na caixa de latão que descreveu. Também deve colocar uma anotação dizendo que todos os outros papéis foram queimados por seu tio e que este foi o único que restou. Você deve afirmar isso com palavras convincentes. Em seguida, coloque imediatamente a caixa no relógio de sol, conforme indicado. Entendeu?

– Perfeitamente.

– No momento, não pense em vingança, nem nada parecido. Acho que podemos conseguir isso por meio da lei, mas temos que tecer a nossa trama, enquanto que a deles já está tecida. A primeira consideração é acabar com a pressão do perigo que o ameaça. A segunda é esclarecer o mistério e punir os culpados.

– Eu agradeço – disse o jovem, levantando-se e pegando o sobretudo. – Você me deu nova vida e esperança. Certamente farei o que aconselhou.

– Não perca um instante. E acima de tudo, cuide-se, enquanto isso, pois acho que não resta dúvida de que você está ameaçado por um perigo bem real e iminente. Como vai voltar?

– Pelo trem de Waterloo.

– Ainda não são nove horas. As ruas ficarão lotadas, então acho que você estará em segurança. Mas não deixe de se proteger cautelosamente.

– Estou armado.

– Assim é melhor. Amanhã começarei a trabalhar no seu caso.

– Então eu o verei em Horsham?

– Não, o seu segredo está em Londres. É aqui que vou procurá-lo.

– Então voltarei a vê-los em um dia ou em dois, com notícias sobre a caixa e os papéis. Seguirei os seus conselhos em cada particularidade.

Ele se despediu de nós com um aperto de mãos e foi embora. Lá fora o vento ainda uivava e a chuva salpicava e batalhava contra as janelas. Essa história estranha e brutal parecia ter vindo a nós em meio aos elementos da natureza enlouquecidos, atirada sobre nós como uma lâmina de algas marinhas num vendaval e agora parecia ter sido novamente reabsorvida por eles.

Sherlock Holmes sentou-se por algum tempo em silêncio, com a cabeça afundada e os olhos inclinados sobre o brilho vermelho do fogo da lareira. Então ele acendeu o cachimbo e, recostando-se em sua cadeira, passou a observar os anéis de fumaça azul que se perseguiam enquanto subiam para o teto.

– Eu acho, Watson – ele comentou por fim –, que de todos os nossos casos, não tivemos nenhum mais fantástico do que este.

– Exceto, talvez, O *signo dos quatro*.

– Bem, sim, exceto, talvez, esse. Mas John Openshaw me parece andar cercado de perigos ainda mais sérios que os dos Sholtos.

– Mas você já concebeu alguma ideia definida sobre o que seriam esses perigos? – perguntei.

– Não tenho dúvida quanto à natureza deles – Holmes respondeu.

– Então, o que são? Quem é essa K.K.K. e por que persegue essa família infeliz?

Sherlock Holmes fechou os olhos e colocou os cotovelos nos braços da cadeira, com as pontas dos dedos unidas.

– O pensador ideal – ele observou – só raciocinaria depois de ter examinado todas as facetas de um fato simples, daí deduzindo não somente toda a cadeia de eventos que levaram a ele, mas também todos os resultados dele decorrentes. Da mesma forma como Cuvier poderia descrever corretamente um animal inteiro pela contemplação de um único osso, assim o observador que compreendeu por completo um elemento numa série de incidentes deve ser capaz de indicar com precisão todos os outros, tanto antes quanto depois. Nós ainda não captamos os resultados que só a razão pode alcançar. Os problemas podem ser resolvidos por meio do estudo daquilo que desorientou quem buscava soluções com a ajuda dos próprios sentidos. Mas, para levar a arte de raciocinar ao seu mais alto grau, é necessário que o pensador possa utilizar todos os fatos que chegarem ao seu conhecimento e isso, por si só, implica, como você verá com facilidade, na posse de todo conhecimento que, mesmo nestes dias de enciclopédias e educação gratuita, é uma realidade um pouco rara de acontecer. Não é tão impossível, porém, que um homem possua todo o conhecimento suscetível de ser útil para ele em seu trabalho e, no meu caso, é isso o que tento fazer. Se bem me lembro, em uma ocasião nos primeiros dias de nossa amizade, você definiu os meus limites de maneira bastante precisa.

– Sim – eu respondi rindo. – Foi um documento único. Lembro-me que em filosofia, astronomia e política a classificação foi zero; em botânica, variável; em geologia, conhecimento profundo no que se refere a manchas de lama de qualquer região dentro do raio de cem quilômetros da cidade; em química, pontuação excêntrica; em anatomia, não sistemática; em literatura, sensacional; e, única em registros de crime e como violinista, boxeador, espadachim, advogado e, ainda, em autodestruição por cocaína e tabaco. Esses, penso eu, foram os principais pontos da minha análise.

Holmes sorriu do último item.

– Bem – ele comentou – repito agora, o que disse naquela época, que um homem deve manter armazenado no pequeno sótão de seu cérebro todo o arsenal de elementos que provavelmente utilizará e o resto das coisas, deve deixar guardado nas estantes da sua biblioteca, onde poderá pegar quando quiser. Agora, num caso como o que nos foi apresentado nesta noite, precisamos reunir todos os nossos recursos. Por favor, traga-me o volume com a letra K da Enciclopédia Americana que está na prateleira ao seu lado. Obrigado. Agora, vamos ponderar sobre a situação e ver o que conseguimos deduzir. Em primeiro lugar, podemos começar com a firme presunção de que o coronel Openshaw teve alguma razão muito forte para deixar a América. Homens com a idade dele não mudam radicalmente os seus hábitos e trocam de bom grado o clima encantador da Flórida pela vida solitária numa cidade provincial inglesa. O extremo amor pela solidão dele na Inglaterra sugere a ideia de que ele temia alguém ou algo. Então, podemos assumir como hipótese de trabalho que foi o medo de alguém ou de algo que o expulsou da América. Quanto ao que ele temia, só podemos deduzir algo se levarmos em consideração as incríveis cartas que foram recebidas por ele e seus sucessores. Você observou os carimbos postais das cartas?

– O primeiro foi de Pondicherry, o segundo de Dundee e o terceiro de Londres.

– Do leste de Londres. O que você deduz disso?

– São todos portos marítimos. Então, o remetente estava a bordo de um navio.

– Excelente. Já temos uma pista. Não resta dúvida de que existe a probabilidade, uma forte probabilidade, de que o remetente estaria a bordo de um navio. Agora considere outro ponto. No caso de Pondicherry, sete semanas decorreram entre a ameaça e a execução; em Dundee, foram apenas cerca de três ou quatro dias. Isso sugere alguma coisa?

– Uma distância maior para viajar.

– Mas a carta também tinha uma distância maior para chegar.

– Dessa vez, não vejo o ponto.

– Pelo menos podemos ter a presunção de que o navio em que o homem ou os homens estejam seja alguma embarcação movida a vela. Parece que eles sempre enviam o sinal ou aviso singular na frente, antes de começarem a missão. Veja como foi rápida a ação após o sinal que veio de Dundee. Se eles viessem de Pondicherry num barco a vapor, teriam chegado praticamente junto com a carta. Mas, de fato, sete semanas decorreram. Penso que essas sete semanas representam a diferença do barco do correio que trouxe a carta, para o veleiro que trouxe o remetente.

– É possível.

– Mais do que isso, é provável. E agora, veja a urgência fatal deste mais recente aviso e por que insisti tanto para que o jovem Openshaw tivesse cautela. O golpe é sempre executado no final do tempo que os remetentes demorariam para percorrer a distância. Mas este veio de Londres e, portanto, não podemos contar com atrasos.

– Santo Deus! – exclamei. – O que essa perseguição implacável pode significar?

– Os papéis ou documentos que Openshaw carregava são, obviamente, de vital importância para a pessoa ou pessoas do barco a vela. Penso que ficou bastante claro que deve haver mais de um deles. Um único homem não poderia ter executado as duas mortes e enganado o júri da província. Devem ser vários deles e devem ser homens de recursos e determinação. Eles querem recuperar os documentos, não importa quem seja o detentor. Dessa forma, você percebe que as letras K.K.K. deixam de ser as iniciais de um indivíduo e se tornam o emblema de uma sociedade.

– Mas de qual sociedade?

– Você nunca... – disse Sherlock Holmes, curvando-se e aprofundando o tom de voz. – Você nunca ouviu falar da Ku Klux Klan?

– Jamais.

Holmes virou as folhas da enciclopédia sobre o joelho.

– Aqui está! – ele mostrou o verbete, sem pestanejar:

> *Ku Klux Klan. É um nome derivado da semelhança imaginária do barulho produzido na hora de engatilhar o rifle. Essa terrível sociedade secreta foi formada por alguns ex-soldados confederados nos estados sulistas após a Guerra Civil Americana e logo formou filiais locais em diferentes partes dos Estados Unidos, especialmente no Tennessee, na Louisiana, nas Carolinas, na Geórgia e na Flórida. Seu poder foi usado para fins*

políticos, principalmente para aterrorizar os eleitores negros e para assassinar e expulsar do país pessoas que fossem contrárias às suas visões. Suas atrocidades geralmente eram precedidas por um aviso enviado ao homem marcado de alguma forma fantástica, mas normalmente conhecida, um raminho de folhas de carvalho em alguns lugares, sementes de melão ou de laranja em outros. Ao receber isso, a vítima podia abertamente abjurar seus caminhos anteriores, ou podia fugir do país. Se desafiasse o aviso, a morte viria infalivelmente sobre ele, em geral de alguma maneira estranha e imprevista. Tão perfeita era a organização da Sociedade e tão sistemáticos os seus métodos, que dificilmente se encontrará registro de casos em que alguém conseguiu desafiá-los impunemente, ou que os perpetradores de alguma atrocidade tenham sido descobertos. Durante anos a organização floresceu, apesar dos esforços do governo dos Estados Unidos e das melhores pessoas da comunidade sulista. Por fim, no ano de 1869, o movimento de repente entrou em colapso, embora tenham ocorrido casos esporádicos do mesmo tipo desde então.

– Você vai observar – disse Holmes, colocando o volume de lado, que a repentina ruptura da sociedade coincidiu com o desaparecimento de Openshaw dos Estados Unidos com sua papelada. Pode muito bem ter sido causa e efeito. Não é de admirar que ele e sua família tenham os espíritos mais implacáveis em seu encalço. Você pode entender que esses registros e o diário podem implicar alguns dos mais importantes homens sulistas e que pode ser que muitos que não voltem a ter noites tranquilas de sono enquanto essas coisas não forem recuperadas.

– Então a página que vimos...

– É o que poderíamos esperar. Nela, nós lemos, se bem me lembro direito, "Enviei os caroços para A, B e C" ou seja, ele enviou o aviso da sociedade para essas pessoas. Depois, há entradas sucessivas de que A e B sumiram ou deixaram o país e, enfim, que C foi visitado, receio que com um resultado sinistro para C. Bem, doutor, acho que temos condição de colocar alguma luz nesse local obscuro, mas acredito que a única chance para o jovem Openshaw seja fazer o que eu disse. Não há nada mais a ser dito ou a ser feito nesta noite, então, passe-me o violino e vamos tentar esquecer por meia hora esse clima lamentável e os atos ainda mais lamentáveis dos nossos semelhantes.

Na manhã seguinte o tempo abriu e o sol voltou a brilhar fraco através do véu diáfano de nuvens que pairava sobre a grande cidade. Sherlock Holmes já tomava o café da manhã quando desci.

– Vai me desculpar por não tê-lo esperado – ele disse. – Terei pela frente, pela minha previsão, um dia muito ocupado cuidando desse caso do jovem Openshaw.

– Quais serão os seus próximos passos? – perguntei.

– Isso depende muito dos resultados das minhas primeiras investigações. Talvez tenha que ir até Horsham, afinal de contas.

– Não vai lá primeiro?

– Não, vou começar aqui na cidade. Basta tocar a sineta para a empregada servir o seu café.

Enquanto esperava, peguei o jornal fechado que estava em cima da mesa e dei uma espiada. Parei ao ler uma manchete que enviou um arrepio ao meu coração.

– Holmes! – exclamei. – Tarde demais.

– Puxa! – ele disse, descansando a xícara. – Era o que eu temia. Como aconteceu? – ele falou com tranquilidade, mas pude perceber que estava profundamente emocionado.

– O meu olhar captou o nome Openshaw e a manchete "Tragédia perto da ponte de Waterloo". Aí está a reportagem:

> *Entre nove e dez horas da noite, o policial Cook, da Divisão H, de plantão perto da Ponte de Waterloo, ouviu um grito de socorro e um barulho de pancada na água. Porém, a noite estava extremamente escura e tempestuosa, de modo que, apesar da ajuda de vários transeuntes, seria mesmo impossível efetuar um resgate. O alarme, no entanto, foi dado, e, com a ajuda da polícia marítima, o corpo foi enfim recuperado. Ficou provado ser de um jovem cavalheiro cujo nome, como aparece num envelope encontrado em seu bolso, era John Openshaw e cuja residência fica perto de Horsham. Conjectura-se que ele poderia estar apressado para pegar o último trem na estação de Waterloo e que, com a pressa e na extrema escuridão, perdeu o caminho e caminhou ao longo de um dos pequenos cais*

de desembarque dos barcos a vapor do rio. O corpo não apresentava sinais de violência e não há dúvida de que o falecido tenha sido vítima de um acidente infeliz, que deveria ter o efeito de chamar a atenção das autoridades para a condição dos locais de desembarque à beira-rio.

Ficamos em silêncio por alguns minutos. Holmes estava mais deprimido e abalado do que nunca.

– Isso fere o meu orgulho, Watson – ele disse por fim. – É um sentimento mesquinho, sem dúvida, mas fere o meu orgulho. Agora, isso se torna uma questão pessoal para mim e, se Deus me der saúde, vou colocar as minhas mãos nessa gangue. Por que ele veio me pedir ajuda e por que eu tive que enviá-lo para a morte?

Ele saltou da cadeira e caminhou pela sala numa agitação descontrolada, que o fazia enrubescer as bochechas flácidas e o levava a apertar e soltar incessantemente as mãos longas e finas.

– Eles devem ser espertos como demônios! – ele enfim exclamou. – Como poderiam tê-lo atraído para essa armadilha? O aterro à beira-rio não fica na linha reta para a estação. A ponte, sem dúvida, estava muito lotada, mesmo naquela noite, para o propósito deles. Bem, Watson, veremos quem vencerá no final do jogo. Agora, estou de saída!

– Vai à polícia?

– Não, eu mesmo serei a minha própria polícia. Quando jogo a minha rede, é para ela voltar cheia de peixes graúdos, mas não antes disso.

Passei o dia todo envolvido com o meu trabalho profissional e só voltei para Baker Street tarde da noite. Sherlock Holmes não havia chegado ainda. Lá pelas dez horas ele entrou, parecendo pálido e cansado. Ele se aproximou da mesa, arrancou um pedaço de pão, que devorou vorazmente junto com um longo copo d'água.

– Você está com fome – observei.

– Estou faminto. Isso escapou da minha memória. Não comi nada desde o café da manhã.

– Nada?

– Nem um naco. Não tive nem tempo para pensar nisso.

– E como aguentou?

– Bem.

– Tem alguma pista?

– Eu os tenho na palma da minha mão. O jovem Openshaw não permanecerá muito tempo sem ser vingado. Sabe como, Watson? Vamos colocar a própria marca diabólica em cima deles. Bem pensado!

– O que você quer dizer com isso?

Ele pegou uma laranja do armário e, cortando-a em pedaços, espremeu sobre a mesa as sementes. Separou cinco e as colocou num envelope. Na parte interna da aba, escreveu: “De S.H., para J.O.”. Então selou e endereçou a carta para o capitão James Calhoun, no barco *Lone Star*, de Savannah, Geórgia.

– Isso o aguardará quando ele entrar no porto – Holmes disse, sorrindo. – Ele vai passar uma noite sem sono. E, com certeza, terá o mesmo pressentimento a respeito de seu destino, como aconteceu com Openshaw antes dele.

– E quem é esse capitão Calhoun?

– O líder da gangue. Vou pegar os outros também, mas ele será o primeiro.

– Então, como conseguiu rastreá-lo?

Ele tirou uma grande folha de papel do bolso, totalmente coberta de datas e nomes.

– Passei o dia todo – ele disse – pesquisando os registros e arquivos de documentos antigos do Lloyd, seguindo o futuro percurso de cada navio que atracou no porto de Pondicherry em janeiro e fevereiro de 1883. Foram 36 navios de boa tonelagem que passaram por lá durante esses meses. Um deles, o *Lone Star*, chamou a minha atenção de imediato, uma vez que, embora constasse como tendo sido liberado de Londres, o nome é igual ao apelido de um estado da União americana.

– O Texas, eu acho.

– Eu não tinha e não tenho certeza disso, mas sabia que o navio deveria ser de origem americana.

– E daí?

– Procurei os registros de Dundee e, quando descobri que o barco *Lone Star* esteve lá em janeiro de 1885, a minha suspeita se tornou uma certeza. Então, perguntei sobre os navios que atualmente estavam no porto de Londres.

– Sim?

– O *Lone Star* chegou aqui na semana passada. Fui até Albert Dock e descobri que ele tinha zarpado pelo rio, sendo levado pela maré, no início desta manhã, a caminho do regresso para casa em Savannah. Mandei um telegrama para Gravesend e soube que a embarcação havia passado por lá há algum tempo e, como o vento está soprando para leste, não tenho dúvida de que ela já passou das Goodwins e não está muito longe da ilha de Wight.

– O que vai fazer então?

– Ora, vou colocar as minhas mãos sobre ele. Ele e dois companheiros são, como fiquei sabendo, os únicos americanos nativos a bordo. Os demais são finlandeses e alemães. Também sei que os três estiveram longe do navio ontem à noite. Soube disso pelo estivador que transportou a carga deles. Quando o barco a vela chegar a Savannah, o barco de correio já terá chegado com esta carta e um telegrama informará à polícia de Savannah que esses três cavalheiros são notoriamente procurados aqui sob acusação de assassinato.

Mas há sempre alguma falha no melhor dos planos engendrados pela mente humana, e os assassinos de John Openshaw nunca receberam as sementes de laranja que lhes mostrariam que outro homem, tão esperto e tão resoluto quanto eles, estava no seu encalço. Muito longas e muito violentas foram as perturbações atmosféricas no equinócio daquele ano. Por muito tempo esperamos notícias do *Lone Star* de Savannah, mas nunca as recebemos. No final, ouvimos dizer que em algum lugar no Atlântico, a popa esfacelada de um barco naufragado, com as letras E.S. esculpidas nela, foi avistada balançando na crista de uma onda, e isso é tudo o que sempre saberemos do destino do *Lone Star*.

O Homem da Boca Torta

Isa Whitney, irmão do falecido Elias Whitney, D.D., diretor do Theological College of St. George, era um sujeito muito viciado em ópio. O hábito tomou conta dele, pelo que entendi, por causa de uma tolice insensata quando estava na faculdade. Depois de ter lido a descrição de De Quincey, das sensações e sonhos que teve, ele encharcou seu rapé com láudano, que é uma tintura medicinal de ópio, na tentativa de produzir os mesmos efeitos. E descobriu, como acontece com muita gente, que é mais fácil se enredar do que se livrar dessa prática. Então, por muitos anos ele continuou a ser escravo da droga e motivo de um misto de horror e lástima para seus amigos e parentes. Ainda posso vê-lo com o rosto amarelado, inchado, as pálpebras caídas e as pupilas contraídas, encolhido completamente numa cadeira, o retrato do naufrágio e da ruína de um homem digno.

Certa noite, em junho de 1889, escutei o toque da campainha na hora em que um homem dá seu primeiro bocejo e olha para o relógio. Eu me sentei na cadeira, e a minha esposa pousou o bordado que fazia no colo e fez uma careta, desapontada.

– Um paciente! – ela disse. – Você terá que sair.

Eu resmunguei, pois tinha acabado de voltar de um dia cansativo.

Escutamos a porta da rua abrir, algumas palavras apressadas e depois passos rápidos sobre o tapete de linóleo. A nossa própria porta se abriu e uma senhora, vestida com roupas escuras e um véu preto, entrou na sala.

– Vocês me desculpem por ter vindo tão tarde – ela começou a falar; mas, de repente perdeu o controle sobre si mesma, entrou correndo, abraçou a minha esposa e soluçou em seu ombro. – Oh, estou com tantos problemas! – ela se queixou. – Preciso muito de uma ajudinha.

– O que houve? – minha esposa perguntou, levantando o véu daquela senhora. – Mas é Kate Whitney. Como me assustou, Kate! Não percebi que era você quando entrou.

– Não sabia o que fazer, então eu vim diretamente a você.

Esse era sempre o caminho. As pessoas aflitas buscavam a minha esposa da mesma maneira como os pássaros são atraídos por um farol.

– Foi muito gentil da sua parte vir. Agora, você precisa tomar um pouco de vinho e água. Sente-se aqui confortavelmente e conte-nos o que a trouxe aqui. Ou prefere que eu mande James para a cama?

– Oh! Não, não! Também quero o conselho e a ajuda do doutor. É sobre o Isa. Faz dois dias que não aparece em casa. Estou muito preocupada com ele!

Não era a primeira vez que ela nos falava do problema do marido, para mim como médico, para a minha esposa como amiga e colega de escola. Nós a acalmamos e a consolamos com as palavras que pudemos encontrar. Por acaso sabia onde o marido estava? Seria possível trazê-lo de volta?

Parece que sim. Ela tinha informações muito seguras de que ultimamente ele vinha, quando estava atacado, fazendo uso de uma alcova de ópio no extremo leste da cidade. Até então, suas orgias sempre haviam ficado confinadas a um dia, e ele voltava, retorcendo-se e acabado, à noite. Mas agora o feitiço o dominava havia 48 horas e ele, sem dúvida, estava largado no meio da escória do cais, cheirando o veneno ou adormecendo, entorpecido sob seus efeitos. Ele poderia ser encontrado, ela tinha certeza disso, no Bar of Gold, na Upper Swandam Lane. Mas o que ela deveria fazer? Como poderia uma mulher jovem e tímida entrar nesse local e arrancar o marido das garras dos malandros que o rodeavam?

Esse era o caso e, claro, não havia outra saída. Será que eu não poderia escoltá-la até aquele lugar? E depois, como segundo pensamento, por que ela sequer deveria ir? Eu era o conselheiro médico de Isa Whitney e, como tal, tinha influência sobre ele. Eu poderia controlá-lo melhor se ele estivesse sozinho. Prometi a ela, com a minha palavra de honra, que eu o levaria para casa numa carruagem de aluguel em duas horas se ele estivesse no endereço que ela me havia dado. Então, em dez minutos, deixei a minha poltrona e a minha adorável sala de estar para trás e corri para o leste numa carruagem de dois lugares, para realizar uma tarefa estranha, como me pareceu na ocasião, embora só o futuro pudesse revelar o quão estranho aquilo seria.

Não tive grande dificuldade na primeira etapa da minha aventura. Upper Swandam Lane é um beco infame, à espreita atrás das altas docas que se alinham na margem norte do rio, a leste da London Bridge. Entre um boteco e um brechó, com acesso por um lance de escada íngreme que baixava até um buraco escuro como a boca de uma caverna, encontrei a alcova que procurava. Mandei a carruagem de aluguel aguardar e desci os degraus desgastados no centro pelo fato de serem incessantemente pisados por pés de gente bêbada. E, à luz cintilante de uma lamparina a óleo acima da porta, encontrei o trinco da porta por onde entrei num espaço comprido, de teto baixo, com o ar pesado, cheio da fumaça marrom do ópio e beliches de madeira em várias fileiras, como o porão de um navio de imigrantes.

Através das sombras, dificilmente alguém conseguiria vislumbrar mais do que corpos deitados em estranhas poses fantásticas, ombros recurvados, joelhos dobrados, cabeças jogadas para trás, e queixos apontando para cima, eventualmente aqui e acolá com a presença de um olho soturno, sem brilho, voltado para o recém-chegado. Na penumbra, reluziam pequeninos círculos vermelhos em brasa, ora brilhantes, ora esmaecidos, na medida em que o veneno ardente crescia ou diminuía nos fornilhos dos cachimbos de metal. A maioria ficava em silêncio, mas alguns murmuravam sozinhos e outros conversaram entre si num tom de voz estranho, baixo e monótono, com a conversa jorrando até de repente cair no silêncio, cada um remoendo seus próprios pensamentos e prestando pouca atenção nas palavras do vizinho. No extremo mais distante, havia um pequeno braseiro de carvão ardente, ao lado do qual, num banquinho de madeira de três pés, estava um velho alto e magro, com a mandíbula apoiada nos dois punhos e os cotovelos sobre os joelhos, olhando para o fogo.

Quando entrei, um atendente malaio se apressou para me oferecer um cachimbo e uma dose da droga, indicando um beliche vazio.

– Obrigado, não vim para ficar – falei. – Um amigo meu está aqui, o senhor Isa Whitney, e quero falar com ele.

Houve um movimento e uma exclamação à minha direita; olhando no meio da escuridão, vi Whitney, pálido, abatido e desorientado, me encarando.

– Meu Deus! É Watson – ele disse. Encontrava-se num estado de reação lamentável, com cada nervo alucinando. – Diga, Watson, que horas são?

– Quase onze da noite.

– De que dia?

– Da sexta-feira, 19 de junho.

– Deus do céu! Achei que era quarta-feira. É quarta-feira, eu tenho certeza. Você está de brincadeira comigo, não é? Está querendo me assustar? – Ele afundou o rosto nos braços e começou a soluçar escandalosamente.

– Estou lhe dizendo que é sexta-feira, homem. A sua esposa está à sua espera há dois dias. Devia ter vergonha de si mesmo!

– Eu tenho. Foi você quem se enganou, Watson, porque só estou aqui há algumas horas, três ou quatro cachimbos, esqueci quantos foram. Mas vou para casa com você. Eu não assustaria Kate, coitadinha da Kate. Me dê a mão! Você veio de carruagem de aluguel?

– Sim, está esperando.

– Então eu vou junto. Mas estou devendo alguma coisa. Pergunte quanto devo, Watson. Estou todo fora de combate. Não consigo fazer nada por conta própria.

Caminhei pela estreita passagem entre a fileira dupla de indivíduos adormecidos, prendendo a respiração para evitar o ar viciado e a fumaça entorpecente da droga, em busca do gerente. Quando passei pelo homem alto que estava sentado junto ao braseiro, senti um súbito puxão no paletó e uma voz baixa sussurrou:

– Passe por mim e depois olhe para trás, para mim.

Escutei isso claramente. Disfarcei, olhando para baixo. Essas palavras só podiam ter vindo do velho ao meu lado. Mas ele continuava sentado tão absorto como sempre, magérrimo, muito enrugado, curvado pela idade, um cachimbo de ópio pendurado entre os joelhos, como se tivesse caído pela mais profunda prostração de seus dedos. Dei dois passos para a frente e olhei para trás. Tive que reunir todo o meu autocontrole para evitar um grito de surpresa. Ele tinha virado as costas para que ninguém pudesse vê-lo, exceto eu. Seu corpo tomara forma, suas rugas desapareceram, o olhar embaçado recuperara a vivacidade e lá estava, sentado junto ao fogo, sorrindo da minha surpresa, ninguém mais nem menos do que Sherlock Holmes. Ele fez um pequeno sinal para que eu me aproximasse e, imediatamente, ao virar de novo o rosto para o grupo, voltou a ser um homem senil, trêmulo e de beiço caído.

– Holmes! Mas que diabos está fazendo nesta pocilga? – cochichei.

– Fale o mais baixo que puder – ele respondeu –, tenho ouvidos excelentes. Se pudesse fazer a grande gentileza de se livrar desse seu amigo imbecil, eu ficaria extremamente feliz em conversar com você.

– Estou com uma carruagem alugada lá fora.

– Então, por favor, mande-o para casa. Pode confiar que ele voltará sozinho em segurança, pois parece estar mole demais para se meter em alguma encrenca. Também recomendo que envie pelo cocheiro uma mensagem à sua esposa avisando que está comigo e vai me ajudar. Se me aguardar lá fora, encontrarei você em cinco minutos.

Era difícil recusar qualquer um dos pedidos de Sherlock Holmes, pois eram sempre excepcionalmente determinados e apresentados com ar tranquilo de autoridade. Senti, porém, ao ver Whitney já confinado na carruagem de aluguel, que a minha missão estava praticamente realizada. Quanto ao resto, eu não poderia desejar nada melhor do que me associar ao meu amigo numa daquelas aventuras singulares que eram a condição normal de sua existência. Em poucos minutos, escrevi o bilhete, paguei a conta de Whitney, levei-o à carruagem alugada e o vi desaparecer na escuridão. Após um curto período de tempo, uma figura decrépita surgira da alcova de ópio, e logo eu estava caminhando pela rua com Sherlock Holmes. Por duas ruas, ele se arrastou com as costas arcadas e o caminhar trôpego. Então, olhando rapidamente ao redor, ele se endireitou e explodiu numa gargalhada gostosa.

– Suponho, Watson – ele disse – que você deve estar imaginando que eu me viciei em fumar ópio e em tomar injeções de cocaína, além de todas as outras fraquezas a respeito das quais você já me fez o favor de explicitar as suas visões de médico.

– Certamente fiquei surpreso ao encontrá-lo ali.

– Mas não menos do que eu ao encontrar você lá.

– Vim para encontrar um amigo.

– E eu, para encontrar um inimigo.

– Um inimigo?

– Sim, um dos meus inimigos naturais ou, melhor dizendo, a minha presa natural. Em poucas palavras, Watson, estou no meio de uma investigação muito especial e esperava encontrar uma pista nas divagações incoerentes desses bêbados, como já fiz no passado. Se fosse reconhecido naquele lugar, a minha vida não duraria sequer uma hora, pois já usei esse plano antes para meus próprios fins e o pilantra do Lascar, que é o dono, jurou se vingar de mim. Existe um alçapão na parte de trás daquele prédio, perto da esquina do cais de Paul's Wharf, que poderia contar algumas histórias estranhas sobre o que acontece ali nas noites sem lua.

– O quê! Você está falando de corpos?

– Sim, corpos, Watson. Seríamos homens ricos se ganhássemos mil libras para cada pobre coitado que tenha morrido naquele antro. É a mais infame armadilha de assassinato na margem de todo o rio, e temo que Neville St. Clair tenha entrado lá para nunca mais sair. Mas a nossa armadilha deve estar aqui.

Ele colocou dois dedos entre os dentes e assobiou de forma estridente, sinal esse que foi respondido a distância por um assobio semelhante, seguido logo depois pelo chacoalhar de rodas e pelo trote de cascos de cavalos.

– Então, Watson! – disse Holmes enquanto uma carruagem esportiva e alta irrompia na escuridão, lançando dois túneis de luz dourada de suas lanternas laterais. – Você virá comigo, não?

– Se eu puder ser útil.

– Ora, um camarada de confiança é sempre útil. E um cronista, ainda mais. O meu quarto em The Cedars tem duas camas.

– Em The Cedars?

– Sim, é a casa do senhor St. Clair. Estou ficando lá enquanto conduzo o inquérito.

– E onde fica?

– Perto de Lee, em Kent. Temos uma viagem de 11 quilômetros pela frente.

– Mas estou no escuro aqui.

– Claro que está. Você saberá de tudo agora. Suba para cá. Tudo bem, John, não vamos precisar de você. Pegue isto, meia coroa. Procure-me amanhã, por volta das onze. Solte a cabeça do animal. Até mais, então!

Ele estalou o chicote no cavalo e disparamos pela infinita sucessão de ruas sombrias e desertas, que se alargavam gradualmente, até que estivéssemos atravessando uma ampla ponte balaustrada, com o rio turvo fluindo devagar abaixo de nós. Adiante, havia outra sequência maçante de casas de tijolos e argamassa, cujo silêncio era quebrado apenas pelo passo firme e regular de um policial fazendo a ronda, ou pelos gritos e pelas cantorias de algum grupo de foliões retardatários. Imensas massas sombrias flutuavam lentamente pelo céu, e uma ou duas estrelas cintilavam vagamente aqui e acolá através de fendas nas nuvens. Holmes guiava a carruagem em silêncio, com a cabeça afundada no peito e ares de um homem perdido em pensamentos. Enquanto isso, eu seguia sentado ao lado dele, curioso para saber qual seria essa nova missão que parecia exigir tanto esforço dos poderes dele, mas também receoso de quebrar a corrente de seus pensamentos. Após viajarmos vários quilômetros, começamos a nos aproximar da orla de um cinturão de moradias suburbanas. Então ele se sacudiu, encolheu os ombros e acendeu o cachimbo, com ares de um homem satisfeito porque estava agindo da melhor maneira possível.

– Você tem o grande dom do silêncio, Watson – ele comentou. – Isso faz com que seja um companheiro inestimável. Mas, creia na minha palavra, é ótimo ter alguém para conversar, pois os meus próprios pensamentos não são muito agradáveis. Estava pensando no que devo dizer a essa adorável senhorinha hoje à noite quando ela me encontrar na porta.

– Você esquece que não sei nada sobre isso.

– Só terei tempo suficiente para lhe contar os fatos mais importantes do caso antes de chegarmos a Lee. Parece absurdamente simples e, ainda assim, de modo algum consigo encontrar a menor pista para seguir. Há muitas constatações, sem dúvida, mas não consigo ter a ponta da meada nas minhas mãos. Agora, vou colocar o caso de forma clara e concisa para você, Watson, e talvez possa ver uma faísca onde tudo está escuro para mim.

– Prossiga, então.

– Alguns anos atrás, para ser exato em maio de 1884, chegou em Lee um cavalheiro de nome Neville St. Clair, que parecia ter muito dinheiro. Ele conseguiu um casarão confortável, arrumou o terreno muito bem e, de um modo geral, vivia em bom estilo. Aos poucos fez amigos na vizinhança e, em 1887, casou-se com a filha de um cervejeiro local, com quem atualmente tem dois filhos. Ele não tinha ocupação, mas andava interessado em várias empresas e, via de regra, ia à cidade na parte da manhã, retornando às cinco e catorze, da rua Cannon, toda tarde. O senhor St. Clair tem agora 37 anos, é um homem de hábitos temperados, bom marido, pai muito afetuoso e uma pessoa popular entre todos os que o conhecem. Posso acrescentar que todas as suas dívidas no momento presente, na medida em que pudemos verificar, alcançam o valor de 88 libras e dez xelins, ao passo que ele possui 220 libras de crédito no Capital and Counties Bank. Não há razão, portanto, para pensar que problemas de dinheiro pesassem sobre sua mente.

"Na última segunda-feira, o senhor Neville St. Clair foi à cidade um pouco mais cedo do que o habitual, comentando antes de sair que tinha dois serviços importantes para executar e que, na volta, traria ao filho pequeno uma caixa de tijolinhos de brinquedo. Então, por mero acaso, sua esposa recebeu um telegrama nessa mesma segunda-feira, pouco após a partida dele, comunicando que uma pequena parcela de um valor considerável que ela esperava receber estava disponível nos escritórios da Aberdeen Shipping Company. Agora, se você conhece bem Londres, sabe que o escritório da empresa fica na Fresno Street, que é uma ramificação da Upper Swandam Lane, onde você me encontrou hoje à noite. A senhora St. Clair almoçou, partiu para a cidade, fez algumas compras, seguiu para o escritório da empresa, pegou seu pacote e encontrava-se exatamente às quatro e trinca e cinco, andando pela Swandam Lane no caminho de volta para a estação. Está acompanhando até agora?"

– Sim, claramente.

– Se você lembrar, a segunda-feira foi um dia extremamente quente, e a senhora St. Clair caminhava devagar, olhando ao redor, na esperança de conseguir uma carruagem de aluguel, pois não gostava do bairro em que se encontrava. Enquanto descia dessa maneira a Swandam Lane, de repente ouviu uma exclamação ou um grito e ficou gelada ao ver seu marido olhando e acenando para ela, como lhe pareceu, de uma janela do segundo andar. A janela estava aberta e ela viu claramente o rosto dele, que ela descreveu como terrivelmente agitado. Ele acenava freneticamente com as mãos para ela e então desapareceu da janela tão de repente que ela ficou com a impressão que ele teria sido puxado para trás por alguma força poderosa. Um ponto singular que imediatamente chamou a atenção de seu rápido olhar feminino foi que, embora usasse paletó escuro, como o que vestia ao sair para a cidade, ele estava sem a gravata no colarinho.

"Convencida de que havia algo de errado com ele, ela desceu correndo pelos degraus, pois a casa não era outra senão a alcova de ópio em que você me encontrou esta noite. Atravessando a sala da frente, ela tentou subir as escadas que levam ao primeiro andar. No sopé da escada, porém, encontrou-se com o canalha do Lascar de quem falei, que a empurrou para trás e, ajudado por um dinamarquês que atua como auxiliar por lá, levou-a para a rua. Cheia de medos e das dúvidas mais irritantes, ela correu pela rua e, por uma rara e feliz coincidência, encontrou na Fresno Street um grupo de policiais com um inspetor, todos a caminho de suas rondas. O inspetor e dois homens a acompanharam e, apesar da resistência contínua oferecida pelo proprietário, eles se dirigiram para a sala em que o senhor St. Clair fora visto pela última vez. Não havia nenhum sinal dele. Na verdade, em todo aquele andar não havia ninguém, exceto um pobre aleijado de aspecto medonho, que aparentemente morava lá. Tanto ele como Lascar juraram que ninguém mais estivera na sala da frente durante a tarde. Tão firme foi a negativa que o inspetor começou a duvidar e quase acreditou que a senhora St. Clair estava enganada quando, soltando um grito, ela apanhou uma pequena caixa sobre a mesa e arrancou a tampa. De lá caiu uma cascata de tijolinhos infantis. Era o brinquedo que ele prometera levar para casa.

"Essa descoberta e a evidente confusão que o aleijado demonstrou fizeram o inspetor perceber que o assunto era sério. As salas foram cuidadosamente examinadas e os resultados apontaram para um crime abominável. A sala da frente estava claramente mobiliada como uma sala de estar e conduzia a um pequeno quarto, que dava para a parte de trás de um dos cais. Entre o cais e a janela do quarto, havia uma faixa estreita que ficava seca na maré baixa, mas coberta na maré alta com no mínimo um metro e meio de água. A janela do quarto era larga e abria por baixo. Ao ser examinada, vestígios de sangue foram vistos no peitoril da janela e várias gotas dispersas estavam visíveis no piso de madeira do quarto. Jogadas atrás de uma cortina na sala da frente, estava toda a roupa do senhor Neville St. Clair, com exceção do casaco. As botas, as meias, o chapéu e o relógio, tudo estava lá. Não havia sinal de violência em nenhuma dessas roupas, nem qualquer outro vestígio do senhor Neville St. Clair. Aparentemente, ele devia ter saído pela janela, já que nenhuma outra saída foi descoberta e as ameaçadoras manchas de sangue no peitoril davam poucas esperanças de que ele pudesse ter escapado a nado, pois a maré estava em seu ponto mais alto no momento da tragédia.

"Quanto aos vilões que pareciam estar iminentemente implicados no assunto, Lascar era conhecido por ser o homem com piores antecedentes, mas como, pela história da senhora St. Clair, sabia-se que ele estava aos pés da escada poucos segundos depois do aparecimento do marido na janela, dificilmente poderia ter sido mais do que um acessório no crime. Em sua defesa, alegou ignorância absoluta e protestou não ter conhecimento sobre o que fazia Hugh Boone, seu inquilino, e que não saberia explicar de forma alguma a presença da roupa do cavalheiro desaparecido.

"O mesmo valia para o gerente de Lascar. Agora, o sinistro aleijado que mora no segundo andar da alcova de ópio e que certamente foi o último ser humano cujos olhos se debruçaram sobre Neville St. Clair. O nome dele é Hugh Boone e seu rosto medonho é familiar para todo mundo que vai muito à cidade. Ele é um mendigo profissional; no entanto, para evitar problemas com a polícia, ele finge ser um pequeno comerciante de velas de cera. A pouca distância de lá, na rua Threadneedle, à esquerda, no lado da mão, existe, como você deve ter observado, uma pequena reentrância na parede. É aí que esse indivíduo fica sentado todos os dias, de pernas cruzadas, com seu pequeno estoque de velas no colo. Como se trata de um espetáculo digno de dó, uma pequena chuva de moedinhas de caridade cai no boné de couro ensebado que fica no chão ao lado dele. Mais de uma vez, observei o sujeito, antes de pensar em travar conhecimento profissional com ele, e fiquei surpreso com a colheita que ele fazia em pouco tempo. A aparência, como você verá, é tão notável que ninguém pode passar por ele sem observá-lo. A franja do cabelo alaranjando, o rosto pálido desfigurado por uma cicatriz horrível que, ao ser contraída, vira a borda externa do lábio superior, o queixo de buldogue e um par de olhos escuros muito penetrantes, em singular contraste com a cor do cabelo, tudo o destaca da multidão de mendigos comuns, além de sua esperteza, pois ele tem sempre uma resposta pronta para qualquer chacota que os transeuntes lhe disserem. Esse é o homem que agora sabemos que era inquilino da alcova de ópio e que deve ter sido o último homem a ver o cavalheiro que estamos buscando.

– Mas um aleijado... – estranhei. – O que ele poderia fazer sozinho contra um homem em pleno vigor físico?

– Ele é aleijado no sentido de que caminha mancando de uma perna, mas, em outros aspectos, parece um homem forte e bem nutrido. Certamente sua experiência médica lhe dirá, Watson, que a fraqueza de um membro muitas vezes é compensada pela força excepcional dos demais.

– Por favor, continue a sua narrativa.

– A senhora St. Clair desmaiou ao ver sangue na janela e foi escoltada para casa pela polícia, numa carruagem de aluguel, pois a presença dela não ajudaria nas investigações. O inspetor Barton, que ficou encarregado do caso, fez um exame muito cuidadoso nas instalações, mas não encontrou nada que lançasse alguma luz sobre o assunto. Um grave erro foi cometido quando Boone não foi preso em flagrante, pois então ele teve alguns minutos durante os quais pôde ter se comunicado com seu amigo, Lascar. Mas essa falha foi prontamente corrigida. Ele foi localizado e detido, embora não se tenha encontrado nada que pudesse incriminá-lo. Havia, é verdade, algumas manchas de sangue na manga direita da camisa, mas ele mostrou um corte no dedo anular, perto da unha, e explicou que o sangramento era dali, acrescentando que esteve na janela pouco antes e que as manchas ali observadas tinham, sem dúvida, a mesma origem. Ele negou energicamente ter alguma vez visto o senhor Neville St. Clair e jurou que a presença das roupas desse homem em seu quarto era tão misteriosa para ele quanto para a polícia. Quanto à afirmação da senhora St. Clair de que ela realmente vira o marido na janela, ele declarou que ela devia ter ficado louca ou estava sonhando. Ele foi removido, protestando alto, para a delegacia de polícia, enquanto que o inspetor permaneceu no local na esperança de que o refluxo da maré pudesse lhe trazer alguma nova pista.

"E trouxe, de fato, embora não tivessem encontrado no meio da lama o que temiam encontrar. Quando a maré baixou, foi descoberto o casaco de Neville St. Clair, e não o próprio Neville St. Clair. Mas sabe o que encontraram nos bolsos?"

– Não consigo imaginar.

– Pois é, acho que você não adivinharia. Cada bolso estava recheado com moedas de um pêni e de meio-pêni, 421 moedas de um pêni e 270 moedas de meio-pêni. Não era de admirar que o casaco não fosse levado pela maré. Mas um corpo humano é diferente. Existe uma correnteza forte entre o cais e a casa. Parecia bastante provável que o casaco pesado tivesse se soltado enquanto o corpo era levado pelo rio.

– Mas eu me lembro de que as outras roupas foram encontradas no quarto. O corpo estaria vestido apenas com o casaco?

– Não, senhor, mas os fatos podem ser explicados com alguma reflexão. Supondo que esse homem, Boone, tenha empurrado Neville St. Clair pela janela, sem dúvida alguns olhos humanos poderiam ter visto a ação. O que ele fez então? Claro, imediatamente pensou que precisava se livrar das roupas comprometedoras. Pegou o casaco, mas, na hora de jogá-lo fora, ocorreu-lhe que a roupa boiaria, em vez de afundar. Ele tinha pouco tempo, pois escutou a confusão no andar de baixo, quando a esposa tentou forçar o caminho, e talvez já tivesse sido avisado, pelo comparsa Lascar, de que a polícia estava chegando. Não havia um instante a perder. Correu para um depósito secreto, um tesouro escondido onde guardava o produto de sua mendicância, e colocou nos bolsos do casaco todas as moedas que conseguiu pegar com as mãos, para se certificar do afundamento. Em seguida, jogou o casaco fora e faria o mesmo com as outras peças de roupa se não tivesse ouvido o barulho de passos apressados embaixo, assim só teve tempo de fechar a janela antes de a polícia chegar.

– Com certeza, pode ter acontecido.

– Bem, vamos considerar isso como uma hipótese de trabalho por falta de outra melhor. Boone, como eu disse, foi preso e levado para a delegacia, mas não foi possível mostrar que alguma vez houve alguma queixa contra ele. Há anos ele é conhecido como mendigo profissional, que leva uma vida muito sossegada e inocente. É nesse ponto que as coisas estão paradas no momento. O que Neville St. Clair fazia na alcova de ópio, o que aconteceu com ele quando estava lá, onde ele está agora e o que Hugh Boone teve a ver com o desaparecimento dele, são questões pendentes, que precisam ser resolvidas e parecem estar, mais do que nunca, muito longe de uma solução. Confesso que não consigo recordar de nenhum caso na minha carreira que no início parecesse tão simples e que no final fosse tão complicado.

Enquanto Sherlock Holmes detalhava esta singular série de eventos, percorremos os arredores da grande cidade até as últimas casas isoladas ficarem para trás. Passamos, então, a chacoalhar por um caminho demarcado por sebes rurais em ambos os lados. Assim que ele terminou, no entanto, atravessamos dois povoados esparsos, onde algumas luzes ainda brilhavam nas janelas.

– Estamos nos arredores de Lee – disse o meu companheiro. – Passamos por três condados ingleses em nossa curta viagem, a começar por Middlesex, depois por um trecho de Surrey e por fim em Kent. Viu a luz entre as árvores? É lá que fica The Cedars, e ao lado dessa lamparina está uma mulher ansiosa, cujas orelhas, eu tenho pouca dúvida, já captaram as patas do nosso cavalo.

– Mas por que não está resolvendo o caso na Baker Street? – perguntei.

– Porque muitas investigações precisam ser feitas aqui. A senhora St. Clair gentilmente reservou dois ambientes à minha disposição, e você pode ter certeza de que ela não fará outra coisa senão dizer que o meu amigo e colega é muito bem-vindo. Detesto vir vê-la, Watson, sem poder dar notícias de seu marido. Cá estamos. Epa, ei, opa!

Paramos diante de um casarão que ficava no centro de seu próprio terreno. Um garoto da cocheira correu para segurar a cabeça do cavalo. Saltando da carruagem, segui Holmes até o pequeno e sinuoso caminho de cascalho que levava à casa. Quando nos aproximamos, a porta abriu e uma pequena mulher loira apareceu, vestida com uma espécie de musseline leve de seda, com aplicações de *chiffon* rosa macio no pescoço e nos pulsos. Ela aguardava, com a figura delineada contra o fluxo de luz, uma das mãos na porta, a outra meio levantada por causa da angústia, o corpo ligeiramente inclinado, a cabeça e o rosto salientes, os olhos ansiosos, os lábios entreabertos e uma pergunta permanente no ar.

– E então? – ela indagou – Está tudo bem?

Ao notar que éramos dois, ela deixou escapar um grito de esperança, que se transformou num gemido ao ver o meu companheiro sacudir a cabeça e encolher os ombros.

– Não tem boas notícias?

– Nenhuma.

– Nem más?

– Não.

– Graças a Deus por isso. Mas vamos, entrem. Vocês devem estar cansados, pois tiveram um dia longo.

– Este é o meu amigo, o doutor Watson. Ele foi da mais vital utilidade para mim em vários dos meus casos e uma feliz coincidência me permitiu trazê-lo e associá-lo a esta investigação.

– Estou encantada em conhecê-lo – ela disse, cumprimentando-me calorosamente. – Você vai, com certeza, perdoar qualquer coisa que possa faltar em nossa casa, levando em consideração o golpe repentino que se abateu sobre nós.

– Minha cara senhora – falei –, sou um velho soldado em campanha e, mesmo se não fosse, posso muito bem ver que não é necessária nenhuma desculpa. Se puder ser de alguma ajuda, para você ou para o meu amigo aqui, ficarei realmente feliz.

– Agora, senhor Sherlock Holmes – disse a senhora quando entramos numa sala de jantar bem iluminada, sobre cuja mesa uma ceia fria havia sido posta –, eu gostaria muito de lhe fazer uma ou duas perguntas francas, para as quais imploro que você me dê respostas francas.

– Certamente, senhora.

– Não se preocupe com os meus sentimentos. Não sou histérica nem costumo desmaiar. Simplesmente quero saber a sua opinião real, de verdade.

– Sobre qual ponto?

– Do fundo do seu coração, acha que Neville está vivo?

Sherlock Holmes pareceu ficar embaraçado com a pergunta.

– Seja sincero, por favor! – ela insistiu, em pé sobre o tapete, olhando para ele intensamente, enquanto Holmes se recostava numa cadeira de vime.

– Pois bem, senhora, serei sincero em dizer que não.

– Acha que ele está morto?

– Acho.

– Assassinado?

– Talvez. Não posso afirmar.

– E em que dia ele encontrou a morte?

– Na segunda-feira.

– Então, talvez, senhor Holmes, seja capaz de me explicar como é que recebi uma carta dele hoje.

Sherlock Holmes saltou da cadeira como se tivesse sido arrebatado.

– O quê?! – ele bradou.

– Sim, hoje – ela disse sorridente, mostrando um pedacinho de papel no ar.

– Posso ver?

– É claro.

Ele agarrou o papel ansioso, alisou-o sobre a mesa, puxou a lamparina e examinou-o atentamente. Eu saí da minha cadeira e olhei a carta por cima do ombro dele. O envelope era bastante grosseiro, estava selado com o carimbo de Gravesend, com data desse mesmo dia, ou melhor, do dia anterior, pois já passava muito da meia-noite.

– Escrita grosseiramente – murmurou Holmes. – Com certeza essa não é a letra do seu marido, senhora.

– Não, mas o invólucro é.

– Também percebo que quem endereçou o envelope teve que sair para perguntar o endereço.

– Como pode saber disso?

– O nome, como você pode ver, está em tinta perfeitamente preta, que secou. O resto é de cor acinzentada, o que mostra que o mata-borrão foi usado. Se tudo tivesse sido escrito de uma só vez e o mata-borrão fosse usado em seguida, nada seria de tom profundo de preto. A pessoa escreveu o nome e fez uma pausa antes de escrever o endereço, o que só pode significar que não tinha familiaridade com o destinatário. Isso, é claro, não significa nada, mas não há nada mais importante do que coisas sem importância. Vejamos agora a carta. Ah! Havia um invólucro aqui dentro!

– Sim, com um anel, o anel de sinete.

– E você tem certeza de que esta é a letra do seu marido?

– Uma das letras.

– Uma?

– A letra quando escrevia com pressa. É muito diferente de letra normal e, ainda assim, conheço muito bem.

– "Querida, não fique assustada. Tudo correrá bem. Cometi um erro enorme que pode levar certo tempo para corrigir. Aguarde com paciência. NEVILLE". Foi escrita a lápis numa folha em branco de um livro, tamanho *in-octavo*, sem marca d'água. Hum! Postada hoje em Gravesend por um homem com o polegar sujo. Ah! E a aba foi colada, se eu não estou muito enganado, por uma pessoa que mastigava rapé. Não tem dúvida de que é a letra do seu marido, senhora?

– Nenhuma. Neville escreveu essas palavras.

– E elas foram postadas hoje em Gravesend. Bem, senhora St. Clair, as nuvens começam a se dissipar, embora eu não me atreva a dizer que o perigo passou.

– Mas ele deve estar vivo, senhor Holmes.

– A menos que esta seja uma falsificação muito bem-feita para nos colocar na pista errada. O anel, afinal de contas, não prova nada. Pode ter sido tirado dele.

– Não, não! É, é sim, é a própria letra dele!

– Muito bem. Mas a carta pode ter sido escrita na segunda-feira e apenas postada hoje.

– É possível.

– Assim, muita coisa pode ter acontecido nesse ínterim.

– Oh! Por favor, não me desanime, senhor Holmes. Eu sei que tudo está bem com ele. Existe tanta comunhão entre nós que eu saberia se algum mal caísse sobre ele. No próprio dia em que o vi pela última vez, ele se cortou no quarto, e eu, que estava na sala de jantar, corri para o andar de cima imediatamente, com a máxima certeza de que algo havia acontecido. Acha que me importaria com uma bobagem dessas e continuaria ignorando a morte dele?

– Eu já vivi demais para desconhecer que a intuição de uma mulher pode ser mais valiosa do que a conclusão de um raciocínio analítico. E nessa carta você certamente tem uma evidência muito forte para corroborar a sua visão. Porém, se o seu marido está vivo e é capaz de escrever cartas, por que ele permaneceria longe de você?

– Não consigo imaginar nada. É impensável.

– Na segunda-feira, ele não fez nenhuma observação antes de deixá-la?

– Não.

– E você ficou surpresa ao vê-lo na Swandam Lane?

– Muitíssimo.

– A janela estava aberta?

– Sim.

– Então ele poderia tê-la chamado?

– Poderia.

– Pelo que entendi, ele só deu um grito confuso?

– Sim.

– Achou que era pedido de socorro?

– Sim. Ele acenou com as mãos.

– Mas pode ter sido um grito de surpresa. O espanto por tê-la visto de forma tão inesperada poderia levá-lo a acenar com as mãos?

– Poderia.

– E você achou que ele foi puxado pelas costas?

– Ele desapareceu bem de repente.

– Ele pode ter saltado para trás. Não viu ninguém no quarto?

– Não, mas aquele homem medonho confessou que esteve lá, e Lascar estava no pé da escada.

– Bem. O seu marido, pelo que se lembra, estava vestido normalmente?

– Apenas sem a gravata no colarinho. Percebi claramente a garganta à mostra.

– Alguma vez ele falou da Swandam Lane?

– Nunca.

– Será que ele alguma vez demonstrou algum sinal de ter consumido ópio?

– Jamais.

– Obrigado, senhora St. Clair. Esses são os principais pontos que eu desejava ver absolutamente esclarecidos. Agora, vamos fazer um lanche para depois descansarmos, pois amanhã podemos ter um dia muito movimentado.

Um quarto grande e confortável com duas camas tinha sido colocado à nossa disposição, e rapidamente me enfiei entre os lençóis, pois estava cansado depois da minha noite de aventura. Sherlock Holmes, porém, era um homem que, quando tinha um problema não resolvido na mente, passava dias, até mesmo uma semana, sem descansar, virando e revirando os fatos, olhando-o de todos os ângulos, até entendê-los ou até se convencer de que seus dados eram insuficientes. Logo ficou evidente para mim que ele estava se preparando para uma dessas sessões de noite inteira. Ele tirou o casaco e o colete, vestiu um grande roupão azul e, em seguida, vagou pelo quarto recolhendo os travesseiros da cama e as almofadas do sofá e das poltronas. Com isso, ele montou uma espécie de divã oriental, sobre o qual se posicionou de pernas cruzadas, com um pote de rapé e uma caixa de fósforos colocados à sua frente. Sob a luz fraca da lamparina, eu o vi sentado ali, com um velho cachimbo de nó roseira entre os lábios, os olhos fixos vagando pelos cantos do teto, a fumaça azul que subia em espirais, calado, imóvel, com o brilho da luz ressaltando seus traços aquilinos marcantes. Com ele nesse estado, peguei no sono. E foi assim, com ele ainda nesse estado, que eu acordei de repente com a claridade do sol do verão brilhando no quarto. O cachimbo ainda estava entre seus lábios, a fumaça ainda rolava para cima, e a sala estava cheia de uma névoa densa de rapé, mas nada mais restava dentro do pote que eu tinha visto na noite anterior.

– Acordou, Watson? – ele perguntou.

– Sim.

– Pronto para o passeio matinal?

– Certamente.

– Então, vista-se. Ninguém está fazendo nada ainda, mas eu sei onde o garoto da cocheira dorme e logo poderemos partir.

Ele ria para si mesmo conforme falava, seus olhos cintilavam, e ele parecia um homem diferente do pensador sorumbático da noite anterior.

Enquanto me vestia, olhei para o meu relógio. Não era de admirar que ninguém se mexesse. Eram quatro e vinte e cinco. Eu mal havia terminado de me arrumar quando Holmes voltou para dizer que o menino estava arreando o cavalo.

– Quero testar uma pequena teoria minha – ele disse, puxando as botas. – Acho, Watson, que agora você está de pé na presença de um dos tolos mais absolutos da Europa. Eu mereço ser chutado daqui até Charing Cross. Mas acredito que já tenho a chave do caso.

– E onde está? – perguntei, sorrindo.

– No banheiro – ele respondeu. – É verdade, não estou brincando – ele continuou, diante do meu olhar de incredulidade. – Acabei de vir de lá e peguei uma coisa que coloquei nesta maleta de toalete. Venha, meu garoto, e veremos se essa coisa aqui não vai se encaixar como a chave que vai abrir a fechadura deste caso.

Descemos as escadas tão silenciosamente quanto possível e saímos para o brilho do sol da manhã. Na estrada, a carruagem já estava à nossa espera, com o garoto da cocheira seminu segurando o cavalo pela cabeça. Subimos e nos afastamos, avançando rumo à London Road. Algumas carroças do campo circulavam transportando verduras para a metrópole, mas as moradias que se alinhavam de ambos os lados estavam tão silenciosas e sem vida quanto uma cidade num sonho.

– Em alguns aspectos, este foi um caso singular – disse Holmes, fustigando o cavalo para o galope. – Confesso que fiquei tão cego como uma toupeira, mas é melhor adquirir sabedoria tarde do que nunca.

Na cidade, as primeiras pessoas acordadas começavam a aparecer ainda sonolentas nas janelas, enquanto passávamos pelas ruas do lado de Surrey. Seguindo pela Waterloo Bridge Road, atravessamos o rio, desembocamos na Wellington Street numa curva brusca à direita e logo chegamos à Bow Street. Sherlock Holmes era muito conhecido na sede da polícia, e dois policiais o saudaram à porta. Um deles segurou a cabeça do cavalo enquanto o outro nos orientava.

– Quem está de plantão? – perguntou Holmes.

– O inspetor Bradstreet, senhor.

– Olá, Bradstreet, como vai?

Um oficial alto e robusto, de quepe e jaqueta, desceu pela passagem marcada com pedras.

– Quero ter uma palavra a sós com você, Bradstreet.

– Certamente, senhor Holmes. Entre na minha sala.

Era uma sala de escritório pequena, com um grande livro sobre a mesa e um telefone que se projetava da parede. O inspetor sentou-se em sua mesa.

– O que posso fazer por você, senhor Holmes?

– Vim para saber sobre esse mendigo, Boone, que foi acusado de estar envolvido no desaparecimento do senhor Neville St. Clair, de Lee.

– Sim, foi trazido para cá e está detido para averiguações.

– Foi o que ouvi. Você o tem aqui?

– Na cela.

– Está quieto?

– Não dá nenhum problema. Mas é um canalha sujo.

– Sujo?

– Sim. Tudo o que conseguimos é fazer com que ele lave as mãos. O rosto dele é tão preto como o de um funileiro. Bem, assim que o caso for resolvido, ele tomará um banho normal na prisão. Acredito que, se você o visse, concordaria comigo que ele precisa disso.

– Eu gostaria muito de vê-lo.

– Gostaria? Isso é fácil de arranjar. Venha por aqui. Pode deixar a maleta, se quiser.

– Não, acho que vou levá-la.

– Muito bem. Sigam-me, por favor.

Ele nos conduziu por uma passagem, abriu uma porta com grades, passou por uma escada sinuosa e nos levou para um corredor caiado, com uma série de portas em cada lado.

– A terceira à direita é a dele – disse o inspetor. – É esta aqui!

Ele baixou silenciosamente um painel na parte superior da porta e olhou para dentro.

– Está dormindo – ele disse. – Dá para vê-lo muito bem.

Nós dois colocamos nossos olhos pela grade. O prisioneiro estava deitado, o rosto virado para nós, num sono muito profundo, a respiração lenta e pesada. Era um homem de porte médio, vestido daquele modo grosseiro que se tornou seu chamariz, com uma camisa colorida se destacando pelos buracos do casaco esfarrapado. Ele estava, como o inspetor disse, extremamente sujo, mas a sujeira que cobria seu rosto não conseguia esconder sua feiura repulsiva. A extensa marca de uma cicatriz antiga percorria-lhe o rosto, do olho ao queixo, e, por causa da contração, virava a lateral do lábio superior, de modo que três dentes ficavam expostos num rosnado perpétuo. A franja do cabelo vermelho muito brilhante descia rente aos olhos e à testa.

– Ele é uma beleza, não é? – ironizou o inspetor.

– Bem, certamente precisa de um banho – observou Holmes.
– Imaginei que ele precisasse, então tomei a liberdade de trazer os utensílios necessários comigo.

Ele abriu a maleta de toalete enquanto falava, de onde tirou, para meu espanto, uma enorme esponja de banho.

– Ha! Ha! Você é engraçado – o inspetor riu.

– Agora, se você fizer a grande caridade de abrir esta porta bem devagar, em breve o faremos se tornar uma figura muito mais respeitável.

– Bem, não tenho por que negar – disse o inspetor. – Ele não parece um bom exemplo das celas da Bow Street, não é?

Ele girou a chave na fechadura e todos nós entramos bem devagar na cela. O dorminhoco virou para o outro lado e mais uma vez mergulhou em sono profundo. Holmes inclinou-se para a jarra de água, umedeceu a esponja e depois esfregou-a vigorosamente duas vezes no rosto do prisioneiro.

– Agora – ele gritou –, vou apresentá-los ao senhor Neville St. Clair, de Lee, no condado de Kent.

Nunca na minha vida eu tive uma visão como aquela. O rosto do homem descascou sob a esponja como a casca de uma árvore. Lá se foi a falsa sujeira de tinta marrom! Junto, também sumiram a medonha cicatriz que costurava a bochecha e o lábio leporino, virado, que dava aquela repulsiva aparência de sorriso escarnecedor ao rosto! Um puxão arrancou os cabelos vermelhos emaranhados e ali, sentado naquela cama, surgiu um homem pálido, de rosto triste e aparência refinada, de cabelos pretos e pele lisa, esfregando os olhos e olhando para a frente com uma sonolência perplexa. Então, de repente percebendo a vergonha, soltou um grito e jogou-se no leito enfiando o rosto no travesseiro.

– Meu Deus! – exclamou o inspetor. – É de fato o homem desaparecido. Eu o reconheço pela fotografia.

O prisioneiro virou-se com o ar imprudente de um homem abandonado ao próprio destino.

– Que assim seja – ele disse. – E, por favor, digam-me do que sou acusado?

– De desaparecer com o senhor Neville St.... Ora essa! Você não pode ser acusado disso a menos que digam que se trata de tentativa de suicídio – disse o inspetor sorrindo. – Bem, tenho 27 anos de trabalho na força policial, mas este caso realmente leva o troféu.

– Se eu sou o senhor Neville St. Clair, então é óbvio que nenhum crime foi cometido e, portanto, estou detido ilegalmente.

– Não houve crime, mas um grande erro foi cometido – disse Holmes. – Você teria feito melhor se confiasse na sua esposa.

– Não era só a esposa, eram as crianças – lamentava-se o preso. – Deus me ajude, eu não gostaria que eles se envergonhassem do pai. Meu Deus! Que vergonha! O que vou fazer?

Sherlock Holmes sentou-se ao lado do infeliz no catre e bateu ligeiramente no ombro dele.

– Se você deixar para o tribunal de justiça resolver o assunto – ele disse –, é claro que dificilmente poderá evitar a publicidade. Por outro lado, se você convencer as autoridades policiais de que não há crime possível contra você, não vejo motivo algum para que os detalhes cheguem ao conhecimento dos jornais. O inspetor Bradstreet, com certeza, anotará qualquer declaração que você queira fazer para enviá-las às autoridades competentes. Assim, o caso jamais chegará aos tribunais.

– Deus o abençoe! – gritou o prisioneiro aliviado. – Eu enfrentaria a prisão e até mesmo a execução para não deixar o meu infeliz segredo pairando como uma mancha familiar sobre os meus filhos.

"Vocês são os primeiros a ouvirem a minha história. O meu pai era professor na escola em Chesterfield, onde recebi excelente educação. Na juventude, viajei, subi ao palco e, por fim, tornei-me repórter num jornal noturno de Londres. Um dia, o meu editor quis fazer uma série de artigos sobre mendicância na metrópole e me ofereci para realizá-la. Esse foi o ponto de partida de todas as minhas aventuras, pois somente experimentando mendigar como amador eu poderia obter os fatos sobre os quais embasaria os meus artigos. Quando era ator, obviamente aprendi todos os segredos da maquiagem e fiquei famoso por essa habilidade. Tirei vantagem dos meus conhecimentos. Pintei o rosto e, para me tornar tão digno de dó quanto possível, fiz uma bela cicatriz e retorci o canto da boca com a aplicação de um pequeno curativo de tafetá cor da pele. Então, com uma peruca ruiva e a roupa apropriada, escolhi a melhor parte comercial da cidade para fazer ponto, aparentemente como vendedor de velas, mas na verdade para mendigar. No primeiro dia, fiquei sete horas tocando o meu comércio e, quando voltei para casa à noite, descobri, para minha surpresa, que havia ganhado nada menos que 26 xelins e 4 pennies.

"Escrevi os meus artigos e esqueci do assunto até que, algum tempo depois, avalizei uma nota promissória para um amigo, que foi protestada e recebi uma cobrança de 25 libras. Não sabia o que fazer para conseguir o dinheiro, mas tive uma súbita ideia. Solicitei 15 dias de prazo ao credor, pedi licença aos meus empregadores e passava o tempo mendigando na cidade com o meu disfarce. Em dez dias consegui o dinheiro e paguei a dívida.

"Bem, vocês podem imaginar como ficou difícil enfrentar um trabalho árduo de duas libras por semana quando eu sabia que poderia ganhar isso por dia manchando o rosto com um pouco de tinta, colocando o boné no chão e ficando sentado. Foi uma longa batalha entre o meu orgulho e o dinheiro, mas a grana venceu no final. Larguei as reportagens e me sentava diariamente na esquina que escolhi no início, inspirando piedade pelo meu rosto medonho e enchendo os bolsos de cobres. Só um homem conhecia o meu segredo. Era o dono de uma alcova de ópio em que eu costumava me alojar na Swandam Lane, de onde eu podia surgir todas as manhãs como o mendigo miserável e à noite me transformar num homem de bem da cidade, literalmente bem-comportado e bem-vestido. Esse camarada, Lascar, era muito bem pago por mim pelo uso dos aposentos, de modo que eu sabia que o meu segredo estava seguro em seu poder.

"Bem, em pouco tempo descobri que estava ganhando consideráveis somas de dinheiro. Não quero dizer com isso que qualquer mendigo nas ruas de Londres possa ganhar 700 libras por ano, o que é menos do que o meu rendimento médio, mas eu tinha vantagens excepcionais com o poder da minha maquiagem e também pela facilidade de retrucar, que melhorava com a prática e me tornou um personagem bastante conhecido na cidade. Todo o dia, uma torrente de pennies, às vezes moedas de prata, saltavam sobre mim, e era um dia muito ruim quando eu não conseguia arrecadar duas libras.

"À medida que enriquecia, eu me tornava mais ambicioso. Consegui uma casa no campo e, por fim, me casei, sem que ninguém suspeitasse da minha verdadeira ocupação. A minha querida esposa sabia que eu tinha negócios na cidade. Só não sabia dos detalhes.

"Na última segunda-feira, terminei o dia de trabalho e estava me arrumando no meu quarto, em cima da alcova de ópio, quando olhei pela janela e vi, para meu horror e espanto, a minha esposa parada na rua, de olhos arregalados. Gritei de surpresa, levantei os braços para cobrir o rosto e, correndo para o meu confidente, Lascar, implorei a ele que impedisse que alguém se aproximasse de mim. Ouvi a voz dela no andar de baixo, mas sabia que ela não conseguiria subir. Rapidamente, troquei as minhas roupas pelas de mendigo e coloquei a maquiagem e a peruca. Nem mesmo os olhos de uma esposa poderiam detectar um disfarce tão perfeito. Mas percebi que poderia ocorrer uma busca no quarto e que as roupas poderiam me trair. Ao abrir a janela com força, reabri um pequeno corte que havia sofrido no quarto naquela manhã. Então, peguei o meu casaco, que estava pesado por causa dos cobres que eu acabara de transferir da sacola de couro em que carregava os meus rendimentos, e lancei-o para fora da janela, desaparecendo no Tâmisa. As outras roupas teriam o mesmo destino, porém, nesse momento, houve uma correria de policiais na escada e em poucos minutos descobri, confesso que para meu alívio, que em vez de ser identificado como o senhor Neville St. Clair, fui preso como seu assassino.

"Não sei se há mais alguma coisa para explicar. Eu estava decidido a preservar o meu disfarce pelo maior tempo possível e, portanto, preferia ficar com o rosto sujo. Sabendo que a minha esposa estaria terrivelmente ansiosa, tirei o meu anel e confiei-o a Lascar, num momento em que nenhum policial estava me observando, junto com um bilhete apressado, dizendo para ela não se preocupar, pois não havia motivo para isso."

– Esse recado só chegou a ela ontem – disse Holmes.

– Santo Deus! Que semana ela deve ter passado!

– A polícia vigiava esse Lascar – disse o inspetor Bradstreet – e, no meu entender, certamente seria difícil enviar uma carta sem ser observado. Provavelmente ele entregou a algum marinheiro cliente dele, que esqueceu o assunto por uns dias.

– Foi isso – concordou Holmes, balançando a cabeça. – Não tenho dúvida. Você nunca foi multado por mendigar?

– Muitas vezes! Porém, o que é uma multa para mim?

– Mas você deve parar com isso – disse Bradstreet. – Para a polícia abafar esse caso, Hugh Boone não deverá mais existir.

– Prometo com os mais solenes juramentos que um homem pode fazer.

– Nesse caso, acho provável que não sejam tomadas outras medidas. Mas, se você for pego novamente, então tudo será revelado. Esteja certo, senhor Holmes, de que estamos muito agradecidos por ter esclarecido o caso. Gostaria de saber como você consegue chegar aos seus resultados!

– Cheguei a este – o meu amigo revelou – consumindo um pote de rapé, sentado sobre cinco travesseiros. Acho, Watson, que, se formos para Baker Street, chegaremos bem a tempo do café da manhã.

O Mistério do Vale Boscombe

Estávamos sentados tomando o café da manhã, minha esposa e eu, quando a empregada trouxe um telegrama. Era de Sherlock Holmes e dizia o seguinte:

"Você tem uns dias de folga? Acabaram de me telegrafar do oeste da Inglaterra sobre algo em conexão com a tragédia do Vale Boscombe. Gostaria que viesse comigo. Clima e cenário perfeitos. Vou partir de Paddington às onze e quinze".

– O que me diz, querido? – minha esposa perguntou, olhando para mim. – Você vai?

– Eu não sei mesmo o que dizer. No momento, tenho uma longa lista de pacientes para atender.

– Ora, o Anstruther pode substituí-lo. Você tem andado um pouco pálido ultimamente, acho que essa mudança lhe faria bem. Além disso, você está sempre muito interessado nos casos do senhor Sherlock Holmes.

– Eu seria ingrato se não fosse, considerando o que ganhei com um eles – respondi. – Mas se quiser ir, preciso me arrumar logo, pois tenho apenas meia hora.

A minha experiência militar na campanha no Afeganistão teve pelo menos o efeito de me tornar um viajante rápido e prático. As minhas necessidades eram poucas e simples, de modo que antes do limite do tempo eu estava num coche com a minha mala, chacoalhando rumo à estação de Paddington. Sherlock Holmes andava de um lado para o outro na plataforma, parecendo mais alto e magro por causa da longa capa cinza de viagem e do boné de pano ajustado na cabeça.

– Foi realmente muito bom você ter vindo, Watson – ele disse. – Para mim, faz uma diferença enorme ter comigo alguém em quem possa confiar por completo. O apoio local é sempre inútil ou burocrático. Se você tomar conta dos dois lugares do canto, eu pego as passagens.

Ficamos com a cabine só para nós e a imensa montanha de papéis que Holmes havia trazido, a qual ele foi revirando e lendo, com intervalos para tomar notas e meditar, até chegarmos a Reading. Então, de repente, ele enrolou tudo num gigantesco embrulho que jogou no bagageiro.

– Você sabe algo desse caso? – ele perguntou.

– Nem uma palavra, não leio jornais há dias.

– A imprensa de Londres não fez reportagens muito completas. Acabei de examinar todos os jornais recentes para dominar os detalhes. Parece, pelas informações que reuni, ser um daqueles casos simples que são extremamente difíceis.

– Isso parece um pouco paradoxal.

– Mas é profundamente verdadeiro. A singularidade é quase invariavelmente uma pista. Quanto mais descaracterizado e comum é um crime, mais difícil fica esclarecê-lo. No entanto, neste caso, estabeleceu-se uma presunção gravíssima contra o filho do homem assassinado.

– É um assassinato, então?

– Bem, é o que se supõe. Não posso considerar nada como certo antes de ter a oportunidade de examinar pessoalmente o caso. Vou lhe explicar em que pé estão as coisas, tanto quanto consegui entender, em pouquíssimas palavras.

"O Vale Boscombe é um distrito rural, não muito longe de Ross, em Herefordshire. O maior proprietário de terras da região é um certo senhor John Turner, que ganhou dinheiro na Austrália e há alguns anos voltou ao antigo país. Uma fazenda que ele possui, a Hatherley Farm, foi arrendada para o senhor Charles McCarthy, que também era um ex-australiano. Os homens se conheceram nas colônias, então não seria nada de mais que quando se estabelecessem ficassem o mais próximo possível um do outro. Ao que parece, Turner era o mais rico, já que McCarthy se tornara seu arrendatário, mas, ao que parece, ainda assim era tratado em termos de perfeita igualdade, pois os dois com frequência andavam juntos. McCarthy tinha um filho, um rapaz de 18 anos e Turner tinha uma única filha da mesma idade, mas nenhum dos dois tinha esposas vivas. Parece que eles evitavam a companhia das famílias inglesas vizinhas e levavam vidas afastadas da sociedade, embora os McCarthy gostassem de esporte e não raro fossem vistos nos eventos de corridas locais. McCarthy tinha dois empregados, um homem e uma menina. A criadagem de Turner era maior, meia dúzia de pessoas no mínimo. Isso foi tudo o que eu consegui saber sobre as famílias. Agora, vamos aos fatos.

"No dia 3 de junho, isto é, na segunda-feira passada, McCarthy saiu de sua casa em Hatherley, às três da tarde e caminhou até o Boscombe Pool, que é um pequeno lago formado pelo transbordamento do riacho que atravessa o Vale Boscombe.

De manhã, ele esteve com o empregado em Ross e disse ao homem que estava com pressa, pois tinha um compromisso importante marcado para as três da tarde. Desse compromisso ele não voltou vivo.

"Da casa da Hatherley Farm até o Boscombe Pool a distância é de uns 400 metros. Duas pessoas o viram passar por esse terreno, uma mulher velha, cujo nome não se sabe, e William Crowder, um guarda-caça que trabalha para o senhor Turner. Ambas as testemunhas declararam que o senhor McCarthy caminhava sozinho. O guarda-caça acrescentou que alguns minutos depois de ver o senhor McCarthy passar, ele viu o filho dele, o senhor James McCarthy, indo no mesmo sentido com uma arma debaixo do braço, que ele tinha bons motivos para acreditar que o pai estava realmente à vista naquele momento, que o filho o seguia e que não pensou mais no assunto até a noite, quando soube da tragédia que tinha acontecido.

"Os dois McCarthy ainda foram vistos depois que William Crowder, o guarda-caça, os perdeu de vista. O Boscombe Pool é arborizado, com apenas uma faixa de grama e juncos ao redor da borda. Uma menina de 14 anos, Patience Moran, que é a filha do caseiro da propriedade do Vale Boscombe, colhia flores num bosque próximo. Ela afirma que, enquanto estava lá, viu na beira da floresta e perto do lago, o senhor McCarthy e seu filho e que eles pareciam ter uma discussão violenta. Ela ouviu o velho senhor McCarthy usando uma linguagem muito dura com o filho e viu este último levantar a mão como se fosse golpear o pai. Ela ficou tão assustada com a violência deles que fugiu e contou para a mãe quando chegou em casa que tinha deixado os dois McCarthy brigando perto do Boscombe Pool e que estava com medo de que eles se agredissem. Ela mal disse tais palavras, quando o jovem senhor McCarthy chegou correndo ao alojamento para dizer que havia encontrado seu pai morto no bosque e para pedir ajuda ao caseiro. Ele estava muito agitado, sem a arma nem o chapéu e com a mão direita e a manga manchadas de sangue fresco. As pessoas que o seguiram, encontraram o corpo morto esticado na grama ao lado do lago. A cabeça havia sido espancada por repetidos golpes de alguma arma pesada e contundente. Os ferimentos indicavam que poderiam muito bem ter sido provocados por coronhadas da arma do filho, que foi encontrada a poucos passos do corpo, abandonada na grama. Nessas circunstâncias, o jovem foi preso de imediato e o veredito de "homicídio doloso", ou seja, intencional, foi afirmado no inquérito na terça-feira. Na quarta-feira, ele foi levado ao magistrado de Ross, que agendou o caso para a sessão seguinte. Esses são os principais fatos do caso conforme chegaram ao conhecimento do inspetor da polícia e do magistrado provincial.

– Mal posso imaginar um caso mais condenatório – observei. – Se alguma vez uma evidência circunstancial apontou para um criminoso, foi nessa ocorrência.

– A evidência circunstancial é uma coisa muito enganosa – respondeu Holmes, pensativo. – Pode parecer que aponta diretamente para uma coisa, mas, se você mudar o seu próprio ponto de vista um pouco, pode achar que aponta de forma tão determinante quanto para algo completamente diferente. Deve-se reconhecer, porém, que o caso parece extremamente grave contra o jovem e é bem possível que ele de fato seja o culpado. Há várias pessoas na região, no entanto, entre elas a senhorita Turner, a filha do proprietário vizinho, que acreditam na inocência dele e que contrataram o Lestrade, de quem você deve se lembrar em conexão com *Um estudo em vermelho*, para interceder no caso em favor do rapaz. Lestrade, que ficou bastante confuso, encaminhou esse caso para mim. E é por isso que nós dois, cavalheiros de meia-idade, estamos viajando para o oeste, a 80 quilômetros por hora, em vez de estarmos sossegados em nossas casas, digerindo nosso café da manhã.

– Receio – comentei –, que os fatos sejam tão óbvios que você não terá muitos créditos a ganhar desta vez.

– Não há nada mais enganoso do que um fato óbvio – ele respondeu, rindo. – Além disso, talvez possamos nos deparar com alguns outros fatos óbvios que, por motivos óbvios, não foram considerados óbvios pelo senhor Lestrade. Você me conhece muito bem para achar que estou exagerando quando digo que vou confirmar ou destruir a teoria usando meios que ele é totalmente incapaz de empregar, ou mesmo de entender. Para pegar o primeiro exemplo à mão, percebo com muita clareza que, em seu quarto, a janela fica no lado direito. Mas eu me pergunto se o senhor Lestrade notaria uma coisa assim tão evidente como essa.

– Mas que diabos...

– Meu caro amigo, conheço você muito bem. Sei do asseio militar que o caracteriza. Você se barbeia toda manhã e, nesta estação do ano, barbeia-se à luz do sol, já que o seu barbear é cada vez menos perfeito à medida que avança mais para o lado esquerdo, até se tornar positivamente desleixado quando passa pelo ângulo do maxilar. Sem dúvida, fica bem claro que esse lado está menos iluminado do que o outro. Eu não poderia imaginar um homem de seus hábitos olhando para si mesmo numa luz equilibrada e ficando satisfeito com um resultado assim. Cito isso apenas como um exemplo trivial de observação e inferência. Esse é o meu método e é possível que seja de alguma utilidade na investigação que nos aguarda. Existem um ou dois pontos secundários apresentados no inquérito que merecem ser levados em consideração.

– E quais são?

– Parece que a prisão dele não ocorreu em flagrante, mas depois do regresso à Hatherley Farm. Quando o inspetor da polícia informou-o que estava preso, ele observou que não ficava surpreso ao ouvir isso e que não era mais do que ele merecia. Essa observação teve o efeito natural de remover os vestígios de dúvida que poderiam ter permanecido na mente do magistrado provincial.

– Foi uma confissão! – exclamei.

– Não, pois houve um protesto de inocência em seguida.

– Vinda após uma série de evidências tão condenatórias, seria no mínimo uma alegação muito suspeita.

– Ao contrário – disse Holmes –, é a abertura mais brilhante que posso ver por entre as nuvens no momento. Por mais inocente que ele seja, não poderia ser um imbecil tão absoluto para não ver que as circunstâncias eram muito negativas contra si. Se ficasse surpreso com a própria prisão ou se fingisse indignação com isso, eu consideraria tais atitudes altamente suspeitas, porque a surpresa ou a raiva não seriam naturais nessas circunstâncias, embora possam parecer a melhor política para um homem manipulador. O fato de ele aceitar a situação francamente o marca como um homem inocente, ou então como um homem de considerável firmeza e autocontrole. Quanto à sua própria observação, de que merecia, também não chega a ser anormal, se você considerar que ele estava diante do cadáver do pai e que não havia dúvida de que naquele mesmo dia ele tinha esquecido seu dever filial quanto a palavras bondosas para com o progenitor e até mesmo, de acordo com a menina cuja evidência é tão importante, de levantar a mão como para agredi-lo. A autopunição e a contrição que são mostradas na sua observação parecem sinais de uma pessoa com a mente saudável, não de um culpado.

Sacudi a cabeça.

– Muitos homens foram enforcados com evidências bem mais leves – observei.

– Foram sim. E muitos homens foram enforcados erroneamente.

– Qual a versão do jovem sobre o caso?

– Receio que não seja muito animadora para os que o apoiam, embora existam um ou dois pontos sugestivos. Você vai encontrá-los aqui e pode lê-los por conta própria.

Ele retirou do embrulho uma cópia do jornal local de Herefordshire e, ao virar a página, indicou o parágrafo em que o infeliz jovem havia dado sua própria declaração sobre o ocorrido. Encostei-me no canto da cabine e li com muita atenção. Era assim:

> *O senhor James McCarthy, filho único do falecido, foi então chamado e fez a seguinte declaração:*
>
> *"Passei três dias fora de casa, em Bristol e acabava de voltar na manhã de segunda-feira passada, dia 3. O meu pai estava ausente no momento da minha chegada. Fui informado pela empregada que ele tinha ido para Ross*

com John Cobb, o cocheiro. Pouco depois do meu regresso, escutei o barulho das rodas da carruagem no pátio. Olhando pela minha janela, eu o vi apear e caminhar rápido para fora do pátio, embora não soubesse para onde ele estava indo. Então, peguei a minha arma e fui passear na direção do Boscombe Pool, com a intenção de visitar a criação de coelhos que fica do outro lado. No caminho, avistei William Crowder, o guarda-caça, como ele afirmou em seu depoimento. Mas ele está enganado ao pensar que eu seguia o meu pai. Eu não fazia ideia de que ele estava andando na minha frente. Quando cheguei a cerca de cem metros do lago, ouvi o grito de 'Cuí!', que era um sinal usual entre meu pai e eu. Então me apressei e o encontrei-o de pé, junto ao lago. Ele pareceu ficar muito surpreso ao me ver e me perguntou de maneira bastante ríspida o que eu fazia ali. A conversa que veio em seguida nos levou a uma discussão e quase a uma briga, pois o meu pai era um homem de temperamento muito violento. Ao ver que sua ira se tornava incontrolável, eu o deixei e voltei para a Hatherley Farm. Encontrei meu pai agonizante no chão, com a cabeça terrivelmente ferida. Abaixei a minha arma e segurei-o nos braços, mas ele faleceu quase de imediato. Eu me ajoelhei ao lado dele por alguns minutos e depois segui caminho para o alojamento do caseiro do senhor Turner, sendo este o local mais próximo para pedir ajuda. Não vi ninguém perto do meu pai quando voltei e não faço ideia de como sofreu os ferimentos. Ele não era um homem popular, sendo um pouco frio e arredio, mas não tinha, até onde sei, nenhum inimigo declarado. Não sei mais nada sobre o assunto."

O magistrado provincial perguntou:

"O seu pai fez alguma declaração antes de morrer?"

O declarante afirmou:

"Ele murmurou algumas palavras, mas eu só consegui entender uma alusão a um rato."

O magistrado provincial perguntou:

"O que você entendeu com isso?"

O declarante afirmou:

"Não me transmitiu nenhum significado. Achei que ele estava delirando."

O magistrado provincial perguntou:

"Qual foi o motivo da discussão final que você e seu pai tiveram?"

O declarante:

"Eu preferiria não responder."

O magistrado provincial:

"Receio ter que insistir."

O declarante:

"Para mim, é mesmo impossível lhe dizer. Posso lhe assegurar que não teve nada a ver com a triste tragédia que ocorreu em seguida."

O magistrado provincial:

"Isso fica para o tribunal decidir. Não preciso indicar que a sua recusa em responder prejudicará consideravelmente o seu caso em qualquer processo futuro que possa surgir."

O declarante afirmou:

"Ainda assim, preciso recusar."

O magistrado provincial:

"É verdade que o grito de 'Cuí!' era um sinal comum entre você e seu pai."

O declarante:

"Era."

O magistrado provincial:

"Como foi, então, ele deu o grito antes de vê-lo e antes mesmo de saber que você tinha voltado de Bristol?"

O declarante (bastante confuso):

"Não sei."

Um jurado:

"Não viu nada que levantasse suspeitas quando voltou após ouvir o grito e achar seu pai ferido?"

O declarante:

"Nada muito definitivo."

O magistrado provincial:

"O que quer dizer com isso?"

O declarante:

"Fiquei tão perturbado e nervoso quando me afastei, que não pensei em nada a não ser em meu pai. No entanto, tenho a vaga impressão de que, quando fui para a frente, havia alguma coisa no chão à minha esquerda. Pareceu-me algo de cor cinza, uma espécie de casaco, ou um capote, talvez. Quando me levantei para deixar meu pai, procurei essa peça, mas tinha sumido."

"Você quer dizer que desapareceu antes de você ir procurar ajuda?"

"Sim, sumiu."

"Você não é capaz de dizer o que era?"

"Não, tive a sensação de que havia algo ali."

"A que distância do corpo?"

"Uma dúzia de metros ou mais."

"E a que distância do limite do bosque?"

"Aproximadamente a mesma."

"Então, se foi retirada, foi enquanto você estava dentro da distância de uma dúzia de metros?"

"Sim, mas de costas para lá."

"Isto conclui o exame do declarante."

– Entendi – falei enquanto olhava a coluna – que o magistrado provincial em suas observações finais foi bastante severo com o jovem McCarthy. Ele chama a atenção e, com razão, primeiro para incoerência do fato do pai ter gritado antes de vê-lo, depois para a recusa dele em dar detalhes da conversa com o pai e ainda para o relato singular das palavras do pai moribundo. Tudo isso, como ele observa, são provas muito fortes contra o filho.

Holmes sorriu discretamente para si mesmo e se esticou no assento acolchoado.

– Tanto você quanto o magistrado provincial tomaram as dores – ele disse – e destacaram os pontos mais fortes em favor do rapaz. Será que não percebem que, alternadamente, ora lhe dão crédito por ter imaginação de menos ou de mais? De menos, porque não inventou uma causa para a briga, com o que obteria a simpatia do júri; de mais, porque parte da mais íntima de sua consciência brotou algo tão extravagante como a referência do moribundo a um rato e o incidente do desaparecimento da roupa. Não, senhor, abordarei esse caso do ponto de vista de que é verdade o que o jovem diz e veremos para onde essa hipótese nos levará. E agora, eis o meu Petrarca de bolso e nem mais uma palavra devo dizer sobre este caso enquanto não estivermos no local da ação. Vamos almoçar em Swindon, onde devemos chegar em vinte minutos.

Era quase quatro horas quando, enfim, depois de atravessarmos o belo Vale Stroud e passarmos pela ampla e bela Severn, nos encontramos na graciosa cidadezinha de Ross. Um homem magro, parecido como um furão, furtivo e de aparência assustada, nos esperava na plataforma. Apesar de coberto de poeira e das calças de couro que ele usava em respeito ao seu ambiente rústico, não tive dificuldade em reconhecer Lestrade, da Scotland Yard. Com ele, fomos para o Hereford Arms, onde um quarto já estava reservado para nós.

– Pedi uma carruagem – disse Lestrade quando nos sentamos para tomar uma xícara de chá. – Conheço a sua natureza enérgica e sei que você não ficará contente enquanto não estiver na cena do crime.

– Foi muito bom e agradável da sua parte – respondeu Holmes. – É só uma questão de pressão barométrica.

Lestrade se admirou.

– Não entendi – ele disse.

– Quanto o aparelho está marcando? Vinte e nove, pelo que vejo. Sem vento, sem uma nuvem no céu. Tenho um maço de cigarros aqui que preciso fumar e o sofá é muito superior às abomináveis instalações de um hotel rural. Não é provável que eu use a carruagem hoje à noite.

Lestrade riu de forma indulgente.

– Você, sem dúvida, já formou suas conclusões pelo que afirmam os jornais – ele disse. – O caso é tão simples como olhar por uma janela e quanto mais alguém observa, mais óbvio se torna. Ainda assim, é claro, ninguém aceita recusar o pedido de uma moça, ainda mais tão positivo. Ela ouviu falar de você e queria saber a sua opinião, embora repetidamente lhe tenha dito que não havia nada que você pudesse fazer que eu já não tivesse feito. Mas, que Deus me perdoe! Lá está a carruagem na porta.

Ele mal tinha acabado de falar quando entrou no quarto uma das mais adoráveis jovens que já vi na minha vida. Seus olhos de cor violeta brilhavam, os lábios estavam entreabertos, um rubor rosa deixava as bochechas coradas, todo vestígio de seu natural recato desaparecia diante da extrema agitação e preocupação que ela demonstrava.

– Ah, senhor Sherlock Holmes! – ela exclamou, olhando para todos e, por fim, com a rápida intuição de uma mulher, dirigindo-se ao meu companheiro. – Estou tão feliz que tenha vindo. Vim expressamente para lhe falar isso. Eu sei que o James não é o culpado, sei disso e quero que você comece o seu trabalho sabendo disso também. Jamais se permita duvidar quanto a esse ponto. Nós nos conhecemos desde a infância e sei dos defeitos dele como ninguém, mas ele tem coração muito bom e é incapaz de matar uma mosca. Essa acusação é absurda para qualquer pessoa que o conheça de verdade.

– Espero que possamos soltá-lo, senhorita Turner – disse Sherlock Holmes. – Pode confiar que farei tudo o que puder.

– Nas você já leu o depoimento. Tirou alguma conclusão? Viu alguma brecha, alguma falha? Acha que ele é inocente?

– Penso que é bem provável.

– Que bom! – ela exclamou, virando a cabeça e olhando para Lestrade com ar de desafio. – Ouviu? Ele me dá esperanças.

Lestrade deu de ombros.

– Receio que meu colega tenha sido um pouco precipitado ao formar suas conclusões – ele disse.

– Mas ele está certo. Ora, eu sei que ele está certo. James nunca faria isso. E sobre a discussão dele com o pai, tenho certeza de que o motivo pelo qual ele não falou sobre isso com o magistrado é porque me envolvia.

– De que maneira? – perguntou Holmes.

– Não é hora de esconder nada. James e seu pai tinham muitos desentendimentos por minha causa. O senhor McCarthy desejava muito que houvesse um casamento entre nós. James e eu sempre nos amamos como irmãos, mas é claro que ele é jovem, não sabe nada da vida e... Bem, ele naturalmente não faria nada assim. Então, eles brigavam e um dos motivos, disso eu tenho certeza, era esse.

– E o seu pai? – Holmes perguntou. – Seria favorável a essa união?

– Não! Ele também era contra isso. Ninguém, a não ser o senhor McCarthy, era a favor.

Um rápido rubor passou pelo rosto viçoso e juvenil da moça, enquanto Holmes a examinava com seu olhar penetrante e questionador.

– Obrigado por essa informação – ele disse. – Posso ver seu pai se for até lá amanhã?

– Receio que o médico talvez não permita.

– O médico?

– Sim. Você não ficou sabendo? Há anos o pobre papai não está bem. Essa história o derrubou por completo, e ele caiu de cama. O doutor Willows disse que é uma depressão, porque o sistema nervoso está abalado. O senhor McCarthy era o único homem vivo que conheceu o meu pai nos velhos tempos em Vitória.

– Ah, em Vitória! Isso é importante.

– Sim, nas minas.

– Muito bem, nas minas de ouro, onde, pelo que eu soube, o senhor Turner fez fortuna.

– Sim, com certeza.

– Obrigado, senhorita Turner, você me ajudou na materialidade.

– Por favor, me procure se tiver alguma novidade amanhã. Sem dúvida você vai até a prisão para ver James. Oh, se for, senhor Holmes, diga a ele que eu sei que é inocente.

– Farei isso, senhorita Turner.

– Vou para casa agora, pois o meu pai está muito doente e sente muito a minha falta quando o deixo. Até logo e Deus o ajude na sua apuração.

Ela saiu da sala com tanta pressa quanto chegou e ouvimos as rodas da sua carruagem se afastando na rua.

– Estou com vergonha de você, Holmes – disse Lestrade com altivez depois de alguns minutos de silêncio. – Por que desperta esperanças que depois será obrigado a frustrar? Eu não sou nenhum sujeito sentimental, mas chamo isso de crueldade.

– Acho que já sei o caminho para soltar James McCarthy – disse Holmes. – Você tem uma ordem para vê-lo na prisão?

– Sim, mas apenas para mim e para você.

– Então vou reconsiderar a minha decisão sobre sair. Ainda temos tempo para pegar o trem para Hereford e vê-lo hoje à noite?

– Bastante.

– Então vamos fazer isso. Watson, temo que você vá achar muito entediante, mas só vou me ausentar por umas duas horas.

Fui até a estação com eles e passeei pelas ruas da cidadezinha. Por fim, voltei para o hotel, onde me deitei no sofá e tentei me interessar por um romance barato. O enredo banal da história era muito fraco, contudo, quando comparado ao mistério profundo com o qual estávamos nos deparando, e vi minha atenção se dispersar tantas vezes da ficção para a realidade, que acabei atirando o livro num canto qualquer e me entreguei inteiramente à consideração dos eventos do dia. Supondo que a história desse jovem infeliz fosse absolutamente verdadeira, então, que coisa infernal, que calamidade absolutamente imprevisível e extraordinária teria ocorrido entre o momento em que ele se separou do pai e o instante em que, atraído por seus gritos, correu para a clareira? Foi algo terrível e mortal. O que poderia ter sido? A natureza dos ferimentos poderia revelar alguma coisa ao meu instinto de médico? Toquei a sineta e pedi o jornal semanal da região, que continha o relato integral do inquérito. O depoimento do cirurgião afirmava que o terço posterior do osso parietal esquerdo e a metade esquerda do osso occipital foram esmagados por um golpe forte de uma arma contundente. Imaginei a situação em minha própria cabeça. Claramente, esse golpe devia ter sido desferido por trás. Isso, em certa medida, favorecia o acusado, pois quando foi visto brigando, ele estava cara a cara com o pai. Todavia, não ajudava muito, pois o velho podia ter-lhe dado as costas antes de receber o golpe. Ainda assim, valia a pena chamar a atenção de Holmes para isso. Depois, havia a peculiar referência do moribundo a um rato. O que isso poderia significar? Não podia ser delírio. Um homem que está morrendo de um golpe repentino não costuma delirar. Não. Era mais provável que fosse uma tentativa de explicar como fora ferido. Mas o que isso poderia indicar? Espremi os meus miolos para encontrar alguma explicação plausível. E ainda havia o incidente do pano cinza visto pelo jovem McCarthy. Se isso fosse verdade, o assassino devia ter perdido na fuga alguma peça de roupa, provavelmente o sobretudo e teve dificuldade ao retornar para recuperá-la, no instante em que o filho estava ajoelhado de costas, a cerca de 12 passos de distância. Que trama cheia de mistérios e improbabilidades! Não me preocupei com a opinião de Lestrade, embora eu tivesse muita fé na visão de Sherlock Holmes de que não podia perder a esperança, na medida em que cada fato novo parecia fortalecer sua convicção da inocência do jovem McCarthy.

Era tarde quando Sherlock Holmes retornou. Ele voltou sozinho, pois Lestrade estava hospedado em um alojamento na cidade.

– O barômetro ainda está alto – ele observou enquanto se sentava. – É importante que não chova antes de examinarmos o local. Por outro lado, um homem deve estar na sua melhor forma física e mental para um trabalho tão delicado como esse e eu não vou querer fazê-lo estando esbugalhado por uma longa viagem. Eu vi o jovem McCarthy.

– E o que tirou dele?

– Nada.

– Ele não deu nenhuma pista?

– Absolutamente nenhuma. A certa altura estive inclinado a pensar que ele sabia quem tinha feito isso e estava rastreando ele ou ela, mas agora estou convencido de que ele está tão intrigado quanto todo mundo. Ele não é um jovem muito brilhante de inteligência, embora seja um sujeito agradável e, acredito, de bom coração.

– Não posso admirar o gosto dele – observei – se realmente é fato que era avesso ao casamento com uma jovem tão encantadora como essa senhorita Turner.

– Ah, sim, essa é uma história um pouco triste. O rapaz está louca e desesperadamente apaixonado por ela. Mas dois anos atrás, quando era apenas um adolescente e antes que ele realmente a conhecesse, pois ela esteve longe cinco anos estudando num internato, o que o idiota fez? Caiu nas garras de uma garçonete em Bristol e se casou com ela num cartório de registro civil. Ninguém sabe disso, mas você pode imaginar o quão enlouquecedor deve ser para ele ser censurado por não fazer algo que daria a vida para fazer, mas que sabe ser absolutamente impossível. Foi uma tremenda insanidade desse tipo que o fez levantar a mão quando o pai dele, no último encontro que tiveram, o instou a pedir a mão da senhorita Turner. Por outro lado, ele não tinha meios de se sustentar, e seu pai, que era um homem muito difícil, o teria largado se soubesse a verdade. Foi com a esposa que ele passou os últimos três dias em Bristol e o pai não sabia onde ele estava. Observe esse ponto, porque é importante. Mas há males que vêm para o bem, pois a garçonete, ao saber pelos jornais que ele está com sérios problemas e que provavelmente será enforcado, separou-se dele e escreveu revelando que ela já teve um marido nas docas das Bermudas, de modo que na verdade não havia nenhum laço entre eles. Acho que essa notícia consolou o jovem McCarthy por tudo o que ele sofreu.

– Mas, se ele é inocente, então quem praticou o crime?

– Ah! Quem? Eu gostaria de chamar a sua atenção para dois pontos muito particulares. Um deles é que o homem assassinado tinha um encontro com alguém no lago e que essa pessoa não poderia ter sido seu filho, porque o filho estava ausente e ele não sabia quando retornaria. O segundo é que o homem assassinado gritou "Cuí!" antes de saber que o filho tinha voltado. Desses pontos cruciais depende o caso. E agora, por favor, vamos conversar sobre o poeta George Meredith e deixar esses assuntos de menor importância para amanhã.

Não choveu, como Holmes havia previsto, e o dia claro amanheceu sem nuvens. Às nove horas, Lestrade chegou com a carruagem e partimos para a Hatherley Farm e o Boscombe Pool.

– Trago uma notícia séria nesta manhã – Lestrade anunciou. – Dizem que o senhor Turner, do Casarão, está tão doente que sua vida está desenganada.

– Trata-se de um homem idoso, eu presumo? – disse Holmes.

– Ele tem cerca de 60 anos, mas a sua constituição foi destruída pela vida que levou no exterior e ele sofre de problemas de saúde há algum tempo. Esse caso teve um efeito muito ruim sobre ele. Era um velho amigo do McCarthy e, posso acrescentar, um grande benfeitor para ele, pois eu soube que arrendou a Hatherley Farm gratuitamente.

– Verdade? Isso é interessante – observou Holmes.

– É sim! E ajudou-o de 100 outras maneiras. Todo mundo por aqui fala dessa bondade com ele.

– Realmente! Você não acha um tanto inusitado que esse McCarthy, que parece ter possuído pouca coisa própria e que devia muitos favores ao Turner, ainda pensasse em casar seu filho com a filha de Turner, que é, presumivelmente, a herdeira da propriedade? E isso, de uma maneira muito presunçosa, como se fosse meramente o caso de uma proposta e que tudo o mais estaria resolvido? Isso é muito estranho, já que sabemos que o próprio Turner era contrário à ideia. A filha nos contou tudo. Você não deduz nada a partir disso?

– Chegamos ao momento das deduções e das inferências – disse Lestrade, piscando para mim. – Para mim já é bastante difícil lidar com os fatos, Holmes, sem ter que correr atrás de teorias e conjecturas.

– Você está certo – Holmes reconheceu amuado. – É sempre muito difícil lidar com os fatos.

– De qualquer forma, eu me agarro a um fato que você parece ter dificuldade de admitir – Lestrade revidou empolgando-se.

– E qual seria?

– Que o velho McCarthy conheceu a morte pelo McCarthy filho e que todas as teorias em contrário são meras maluquices de gente lunática.

– Bem, o lunático é alguém sob influência da lua e a luz do luar é mais clara e nítida do que as sombras nebulosas do nevoeiro – disse Holmes, rindo. – Mas estarei muito enganado se não for a casa da Hatherley Farm à esquerda.

– Sim, é isso mesmo.

Era uma construção ampla, de aparência confortável, com dois andares, telhas de ardósia, grandes manchas amarelas de líquens sobre as paredes cinzentas. As cortinas fechadas e as chaminés sem fumaça, porém, davam ao local um ar de abandono, como se o peso do horror continuasse a sobrecarregá-lo. Batemos à porta e a empregada, a pedido de Holmes, nos mostrou as botas que seu patrão usava no momento da morte e também as do filho, embora não fossem as que ele usava então. Depois de medi-las minuciosamente em sete ou oito pontos diferentes, Holmes solicitou que fossemos levados ao pátio, de onde todos seguimos a trilha sinuosa que levava ao Boscombe Pool.

Sherlock Holmes se transformava quando seguia pistas quentes como aquela. Quem só conhecia o pensador racional e lógico da Baker Street não o reconheceria. Seu rosto corava e escurecia, as sobrancelhas pareciam duas espessas linhas pretas tatuadas, enquanto seus olhos brilhavam por baixo delas com um resplendor feroz. A cabeça estava inclinada para baixo, os ombros curvados, os lábios comprimidos e as veias se destacando como as correias de um chicote em seu pescoço longo e firme. As narinas pareciam se dilatar como a pura luxúria de um animal farejando a caça e sua mente estava tão concentrada no assunto diante dele que uma pergunta ou observação acabava ignorada em seus ouvidos, ou, no máximo, apenas provocava um rápido e impaciente rosnado como resposta.

Rápida e silenciosamente, ele seguiu a trilha que atravessava os prados e depois através do bosque até o Boscombe Pool. Era um terreno úmido, pantanoso, como em todo aquele distrito e havia marcas de muitos pés, tanto no caminho quanto no meio da grama curta que o delimitava de cada lado. Às vezes Holmes se apressava, às vezes parava de repente e numa ocasião ele fez um pequeno desvio para o prado. Lestrade e eu o seguíamos, o detetive indiferente e despeitado, enquanto eu observava o meu amigo com o interesse que surgia da convicção de que cada uma de suas ações era direcionada para uma conclusão definitiva.

O Boscombe Pool, que é uma pequena lâmina d'água de cerca de 50 metros, está situado no limite entre a Hatherley Farm e o parque particular do rico senhor Turner. Acima dos bosques que o contornam no lado mais distante, podíamos ver as flechas vermelhas salientes no telhado que marcavam o lugar onde ficava a casa do rico proprietário. No lado de Hatherley do lago, as matas eram muito fechadas, com um estreito cinturão de grama encharcada de 20 metros, entre a borda das árvores e os juncos que cercavam o lago. Lestrade nos mostrou o local exato onde o corpo foi encontrado e, de fato, o chão era tão úmido que eu pude ver claramente os rastros deixados pela queda do homem agredido. Para Holmes, como eu podia ver em seu rosto ansioso e no seu olhar perspicaz, muitas outras coisas deveriam ser lidas na grama pisada. Ele correu, como um cão farejador e então se virou para o meu companheiro.

– Por que você entrou no lago? – ele indagou.

– Fui pesquisar com um ancinho. Achei que poderia haver alguma arma ou outros rastros. Mas como diabos...

– Basta, basta! Não tenho tempo para isso! Esse seu pé esquerdo virado para dentro está em todo lugar. Uma toupeira é capaz de rastreá-lo, até desaparecer nos juncos. Ora, como tudo teria sido mais simples se estivesse aqui antes de outros chegarem, como um rebanho de búfalos, e se espalharem por toda parte. Aqui foi onde a turma veio com o guarda-caça. E eles cobriram todos os rastros por quase dois metros ao redor do corpo. Mas existem três rastros separados dos mesmos pés.

Ele puxou a lupa e deitou-se sobre a capa impermeável para enxergar melhor, falando o tempo todo mais para si mesmo do que para nós.

– Estas são as pegadas do jovem McCarthy. Duas vezes ele estava andando e uma vez que ele correu de repente, de modo que as solas dos pés ficaram marcadas fundo e os calcanhares são mais rasos. Isso confirma a versão de que ele correu quando viu o pai no chão. Depois, aqui estão os pés do pai enquanto ele anda de um lado para outro. E isso aqui o que seria então? É a coronha da arma quando o filho ficou à escuta. E isso? Ah, ah! O que temos aqui? Pontas dos pés, pontas dos pés! Quadradas, também, de botas bastante incomuns! Elas vêm, elas vão, elas voltam, é claro que foi por causa do casaco. Agora, de onde vieram?

Ele correu para cima e para baixo, às vezes perdendo, às vezes encontrando a trilha, até que estivéssemos bem dentro do limite do bosque e sob a sombra de uma grande faia, a maior árvore da região. Holmes seguiu o caminho para o outro lado mais afastado, deitou-se mais uma vez com o rosto colado no chão e soltou um pequeno grito de satisfação. Por um longo tempo ele permaneceu assim, revirando folhas e galhos secos, juntando o que me parecia ser poeira num envelope e examinando com a lupa não só o chão, mas inclusive a casca da árvore, até onde ele conseguia alcançar. Ele ainda encontrou uma pedra áspera perdida no meio do musgo, que também examinou cuidadosamente e guardou. Então, ele seguiu caminho pelo bosque até chegar à estrada, onde todos os rastros desapareciam.

– Foi um caso de interesse considerável – ele observou, voltando ao seu estado natural. – Acho que essa casa cinzenta à direita deve ser o alojamento. Penso que vou entrar para trocar uma palavra com Moran e talvez escrever uma pequena nota. Depois que eu fizer isso, podemos voltar para o almoço. Você pode ir para a carruagem de aluguel. Estarei com você em um instante.

Em cerca de dez minutos chegamos à carruagem e voltamos para Ross, com o Holmes ainda carregando com ele a pedra que pegara no bosque.

– Essa pedra talvez lhe interesse, Lestrade – ele observou, segurando-a. – O assassinato foi feito com ela.

– Não vejo marcas.

– Não há nenhuma.

– Então, como você sabe?

– A grama estava começando a crescer embaixo dela, que lá estava há apenas alguns dias. Não havia nenhum sinal do lugar de onde foi retirada. A pedra se encaixa nos ferimentos. Não há sinal de nenhuma outra arma.

– E o assassino?

– É um homem alto, canhoto, manco da perna direita, que usa botas de caça com solas grossas e um capote cinza, fuma charutos indianos, usa piteira e carrega um canivete mal afiado no bolso. Existem várias outras indicações, mas estas devem ser suficientes para nos ajudar em nossa busca.

Lestrade riu.

– Receio continuar cético – ele disse. – Suas teorias são muito boas, mas temos que lidar com as cabeças duras de um júri britânico.

– *Nous verrons*, veremos – Holmes respondeu tranquilo. – Você trabalha com o seu próprio método e eu trabalho com o meu. Estarei ocupado hoje à tarde. Provavelmente retornarei a Londres no trem noturno.

– Vai deixar o caso sem esclarecimento?

– Não, já foi esclarecido.

– Mas, o mistério?

– Foi resolvido.

– Quem era o criminoso, então?

– O cavalheiro descrito.

– Mas quem é ele?

– Certamente, não será difícil descobrir. Esta não é uma região tão populosa.

Lestrade deu de ombros.

– Sou um homem prático – ele disse – e realmente não posso me comprometer a andar por aí procurando um cavalheiro canhoto e manco de uma perna. Eu me tornaria motivo de chacota na Scotland Yard.

– Tudo bem – disse Holmes calmamente. – Eu lhe dei a chance. Chegamos ao seu alojamento. Adeus. Devo deixar um recado para você antes de partir.

Tendo deixado Lestrade em seus aposentos, fomos para o nosso hotel, onde encontramos o almoço servido à mesa. Holmes permaneceu em silêncio, perdido em seus pensamentos, com expressão de angústia no rosto, como alguém que se encontra em uma posição desconcertante.

– Veja bem, Watson – ele disse quando a mesa foi limpa –, sente-se aqui nesta cadeira e deixe-me falar um pouco com você. Não sei o que fazer e respeito a sua opinião. Acenda um charuto e deixe-me explicar.

– Por favor, faça isso.

– Pois bem, ao considerarmos esse caso, dois pontos na narrativa do jovem McCarthy chamaram nossa atenção de imediato, embora tenham me colocado a favor dele e a você contra ele. Um ponto foi o fato de o pai ter gritado "Cuí!" antes de vê-lo, de acordo com o relato. O outro foi a estranha referência do moribundo a um rato. Ele murmurou várias palavras, como sabemos, mas isso foi tudo o que o ouvido do filho registrou. Agora, é a partir desses dois pontos que a nossa investigação deve começar, e vamos começar presumindo que o que o rapaz disse é absolutamente verdadeiro.

– O que dizer desse "Cuí!", então?

– Bem, obviamente, não poderia ter sido para chamar o filho, já que este, pelo que sabia, estava em Bristol. Foi por mero acaso que ele esteve ao alcance do grito. Então, esse "Cuí!" foi para chamar a atenção da pessoa com quem se encontraria. Mas "Cuí!"' é um grito característico dos australianos, muito usado entre eles. Existe uma forte presunção de que a pessoa com quem McCarthy esperava se encontrar no Boscombe Pool seria alguém que esteve na Austrália.

– E o que é o rato, então?

Sherlock Holmes tirou um papel dobrado do bolso e atirou-o na mesa.

– Esse é o mapa da Colônia de Vitória – ele disse. – Telegrafei para Bristol na noite passada pedindo que fosse remetido para mim o quanto antes.

Ele colocou a mão sobre uma parte do mapa.

– O que você lê aqui?

– ARAT – eu li.

– E agora? – ele retirou a mão.

– BALLARAT.

– Isso mesmo. Foi essa a palavra que o homem proferiu e da qual seu filho só escutou as duas últimas sílabas. Ele estava tentando pronunciar o nome do assassino, fulano de tal, de Ballarat.

– Incrível! – exclamei.

– É óbvio. E assim, como você vê, reduzi consideravelmente o âmbito das buscas. A posse de uma peça de vestuário cinza foi um terceiro ponto que, considerando a declaração do filho como verdadeira, era uma certeza. Agora, já saímos da mera conjectura para a concepção definitiva de um australiano de Ballarat com um capote cinza.

– Certamente.

– E que se sentia em casa no distrito, pois o lago só tem acesso pela fazenda ou pela propriedade, onde estranhos dificilmente poderiam perambular.

– Concordo.

– Aí entra a nossa expedição de hoje. Ao examinar o terreno, consegui os mínimos detalhes que dei a esse imbecil do Lestrade, quanto à personalidade do criminoso.

– Como conseguiu?

– Você conhece o meu método. Baseia-se na observação de coisas sem importância.

– A altura dele eu sei que você pode calcular mais ou menos pelo comprimento do passo. As botas, também, podem ser imaginadas a partir dos rastros.

– Sim, e eram botas especiais.

– Mas e o defeito na perna?

– A impressão do pé direito era sempre menos nítida do que a esquerda, pois ele colocava menos peso sobre ela. Por quê? Porque capengava, ele era manco.

– Como soube que ele era canhoto?

– Você se surpreendeu com a natureza da lesão registrada pelo cirurgião no inquérito. O golpe foi desferido diretamente por trás e pelo lado esquerdo. Agora, como isso poderia acontecer se não fosse pela mão de um canhoto? Esse indivíduo ficou parado atrás daquela árvore durante o encontro entre o pai e o filho. Até fumou lá. Encontrei as cinzas de um charuto, que o meu conhecimento especial de cinzas de tabaco permite afirmar como sendo de um charuto indiano. Tenho, como você sabe, dedicado alguma atenção a esse tema e até já escrevi uma pequena monografia sobre as cinzas de 140 variedades diferentes de fumos de cachimbo, charuto e cigarro. Ao encontrar as cinzas, olhei ao redor e descobri o toco no meio do musgo onde ele o atirou. Era um charuto indiano, do tipo que é enrolado em Roterdã.

– E a piteira?

– Deu para ver que o toco não estava na boca dele. Portanto, ele usava um suporte. A ponta foi cortada, não mordida, mas o corte não era perfeito, então deduzi que o canivete estava mal afiado.

– Holmes – eu disse – você jogou uma rede sobre esse homem da qual ele não pode escapar e salvou uma vida humana inocente exatamente como se tivesse cortado a corda que o enforcava. Vejo a direção que todos esses indícios apontam. O culpado é...

– O senhor John Turner – gritou o garçom do hotel, abrindo a porta da nossa sala de estar, anunciando um visitante.

O homem que entrou era uma figura estranha e impressionante. Seu passo lento e manco e os ombros recurvados davam-lhe a aparência de decrepitude e, no entanto, seus traços duros e marcados, o semblante carrancudo e seus enormes braços mostravam que ele possuía uma força incomum de corpo e alma. A barba emaranhada, o cabelo grisalho e as sobrancelhas pendentes e caídas combinavam entre si, dando um ar de dignidade e poder à sua aparência. Mas o rosto dele era de um branco acinzentado, enquanto os lábios e os cantos das narinas pareciam tingidos com uma sombra azulada. Para mim ficou claro num relance que ele estava sofrendo de alguma doença crônica fatal.

– Por favor, sente-se no sofá – disse Holmes educadamente. – Recebeu o meu recado?

– Sim, o guarda-caça o entregou. Você disse que queria me ver aqui para evitar escândalo.

– Achei que as pessoas falariam se eu fosse ao Casarão.

– E por que queria me ver? – ele olhou para o meu amigo exibindo desespero em seu olhar cansado, como se a pergunta já estivesse respondida.

– Sim – disse Holmes, respondendo com os olhos em vez das palavras. – É isso, sei de tudo sobre o McCarthy.

O velho afundou o rosto nas mãos.

– Deus me perdoe! – ele exclamou. – Mas eu não deixaria o jovem sofrer. Dou a minha palavra que teria confessado se as coisas fossem contrárias a ele no tribunal.

– Fico feliz em ouvi-lo falar assim – disse Holmes, sério.

– Eu já teria confessado se não fosse pela minha querida garota. Ela ficaria de coração partido, ou melhor, ela ficará de coração partido quando souber que serei preso.

– Pode não chegar a isso – disse Holmes.

– Como assim?

– Não sou policial. Além disso, foi a sua filha quem exigiu a minha presença aqui e estou agindo em defesa dos interesses dela. Mas o jovem McCarthy precisa ser solto.

– Sou um moribundo – disse o velho Turner. – Tenho diabetes há anos. O meu médico disse ter dúvida de que eu vá viver mais de um mês. No entanto, prefiro morrer sob meu próprio teto do que na prisão.

Holmes se levantou para sentar-se à mesa com a caneta bico de pena na mão e um maço de papel diante dele.

– Apenas conte a verdade – ele disse. – Vou anotar os fatos, você vai assinar e o Watson aqui presente pode testemunhar isso. Então, eu poderei produzir a sua confissão em último caso para salvar o jovem McCarthy. Prometo não vou usar isso a menos que seja absolutamente necessário.

– Assim está bem – disse o velho. – Eu não vou mesmo viver até o julgamento, então isso pouco me importa. Mas, gostaria de poupar Alice do choque. E agora vou esclarecer o assunto para vocês. Demorou muito tempo para acontecer, mas não vou demorar muito para contar.

"Vocês não conheceram esse sujeito morto, o McCarthy. Ele era a encarnação do demônio, posso garantir isso. Deus os livre das garras de um homem como ele. O jugo dele esteve sobre mim esses vinte anos e ele estragou a minha vida. Primeiro vou contar como caí sob seu poder.

"Foi nas escavações das minas de ouro, no início da década de 1860. Eu era então um jovem imprudente, de sangue quente, pronto para virar a mão a qualquer pretexto. Andava com más companhias, comecei a beber, não tive sorte no trabalho.

Fugi para o mato e, em uma palavra, tornei-me um bandoleiro, como vocês chamam por aqui. Éramos em seis e levávamos uma vida selvagem e libertina, assaltando alguma estação de vez em quando, ou parando os carroções na estrada que ia para as escavações. Black Jack de Ballarat era o nome pelo qual me conheciam e a nossa quadrilha até hoje é lembrada na colônia como a Gangue de Ballarat.

"Um dia, um comboio de ouro descia de Ballarat para Melbourne e ficamos esperando para atacá-lo. Havia seis guardas e seis dos nossos, então a coisa era parelha, mas esvaziamos quatro selas logo na primeira rajada de tiros. Três dos nossos garotos foram mortos, no entanto, antes de obtermos o butim. Coloquei a minha pistola na cabeça do condutor do carroção, que era esse mesmo McCarthy em pessoa. Roguei a Deus para atirar nele então, mas poupei-o, embora notasse seus pequenos olhos perversos fixos no meu rosto, como se estivesse gravando cada traço meu.

"Fomos embora com o ouro e nos tornamos homens ricos. Voltamos para a Inglaterra sem despertar suspeitas. Então eu me separei dos meus velhos amigos, determinado a me estabelecer e levar uma vida tranquila e respeitável. Comprei esta propriedade, que por acaso estava à venda e me preparei para aproveitar um pouco do meu dinheiro, para compensar a maneira como o havia ganhado. Além disso, eu me casei e embora a minha esposa tenha morrido jovem, ela me deixou a minha querida Alice. Mesmo quando ela ainda era apenas um bebê, a mãozinha dela parecia me conduzir pelos caminhos certos, como até então ninguém tinha conseguido fazer. Em uma palavra, virei uma página nova na minha vida e fiz o melhor que pude para compensar o passado.

"Tudo estava correndo muito bem, até que o McCarthy assumiu o controle sobre mim. Fui para Londres tratar de um investimento e o encontrei na Regent Street, com apenas um casaco nas costas e um par de botas nos pés. 'Cá estamos, Jack', ele disse, tocando-me no braço. 'Seremos bons como uma família para você. Somos apenas dois, meu filho e eu, e você pode nos sustentar. Se não aceitar, a Inglaterra é um país sob o domínio da lei, onde há sempre um policial por perto e é só chamar.'

"Muito bem. Assim, eles vieram para o oeste do país, pois não havia como me livrar deles. Instalaram-se e passaram a viver sem pagar nada na melhor terra que já tive. Não havia sossego para mim, nem paz, nem esquecimento. Onde quer que eu fosse, lá estava aquele rosto astuto e debochado no meu encalço. Piorou depois que Alice cresceu, pois ele logo percebeu que eu tinha mais medo de ela saber do meu passado do que da polícia. Tudo o que ele quisesse, ele deveria ter; e o que ele pediu, ele teve. Eu lhe dei sem questionar terra, dinheiro, casas, até que finalmente ele pediu algo que eu não podia dar. Ele pediu Alice.

"Então, o filho dele havia crescido e a minha menina também. Como ele sabia que eu estava com a saúde fraca, pareceu-lhe um bom golpe que o rapaz ficasse com todo o patrimônio. Mas quanto a isso, fui firme. Eu não queria misturar a raça amaldiçoada dele com a minha. Não que o jovem fosse desagradável, mas porque o sangue do pai estava nele e isso bastava. Aguentei firme. McCarthy ameaçou. Eu o desafiei a fazer o pior. Nós nos encontramos no lago, a meio caminho entre nossas casas, para tratar disso.

"Quando cheguei, encontrei-o falando com o filho. Então, fumei um charuto e esperei atrás de uma árvore até que ele ficasse sozinho. Mas conforme escutei a conversa, tudo que o que não prestava e era amargo em mim pareceu falar mais alto. Ele estava exortando o filho dele a se casar com a minha filha sem nenhuma consideração pelo que ela pudesse pensar, como se fosse uma vagabunda qualquer das ruas. Fiquei louco de pensar que eu e tudo o que tinha de mais caro estávamos sob o poder de um homem como aquele. Será que eu não conseguiria romper tal vínculo? Eu era um homem moribundo e desesperado. Embora lúcido e ainda bastante forte, sabia que o meu próprio destino estava selado. Mas a minha herança e a minha garota! Ambas poderiam ser salvas se conseguisse calar aquela língua imunda. E foi exatamente isso o que fiz, senhor Holmes. E que faria de novo. Tão profundamente quanto pequei, eu levei uma vida de martírio pagando os meus pecados. Mas que a minha garota devesse estar enredada na mesma trama que me prendia era uma crueldade maior do que eu poderia suportar. Eu o ataquei sem nenhum remorso, como se ele fosse um animal peçonhento, uma fera venenosa. O grito dele trouxe o filho de volta. Eu me abriguei no bosque, mas fui obrigado a retornar para pegar o capote que caiu na fuga. Essa é a verdadeira história, senhores. Foi tudo o que aconteceu."

– Bem, não cabe a mim julgá-lo – disse Holmes enquanto o velho assinava a declaração que havia sido registrada. – Rezo a Deus para que nunca possamos estar expostos a tal tentação.

– Eu não rezo, senhor. O que pretende fazer?

– Nada, tendo em vista o seu estado de saúde. Você está ciente de que em breve terá que responder por seus atos num tribunal superior aos nossos. Vou guardar a sua confissão e se McCarthy for condenado, serei obrigado a usá-la. Senão, jamais será vista por olho mortal e o seu segredo, quer você esteja vivo ou morto, estará seguro conosco.

– Adeus, então – o velho se despediu, solene. – Que os seus próprios leitos de morte, quando vierem, abriguem mais facilmente a ideia da paz do que acontece comigo.

Mancando e com toda a enorme estrutura de seu corpo tremendo, ele se retirou devagar da sala.

– Que Deus nos ajude! – Holmes comentou depois de um longo silêncio. – Por que o destino prega tais peças nesses vermes pobres e desamparados? Ao tomar conhecimento de um caso como este, jamais deixo de pensar nas palavras de Baxter e dizer: "Vai lá Sherlock Holmes, mas vá com a benção de Deus".

James McCarthy foi absolvido no tribunal por força da série de objeções obtidas por Holmes e apresentadas ao advogado de defensa. O velho Turner viveu sete meses depois da nossa entrevista, mas já faleceu. E há boas perspectivas de que o filho deste e a filha do outro possam viver felizes para sempre, ignorando a nuvem escura que paira sobre o passado dos dois.

Um Caso de Identidade

— Meu caro amigo – disse Sherlock Holmes ao nos sentarmos um de cada lado da lareira em seus aposentos da Baker Street –, a vida é infinitamente mais estranha que qualquer coisa que a mente humana poderia inventar. Nós não ousamos imaginar coisas que na verdade não passam de meros lugares-comuns da existência. Se pudéssemos sair voando de mãos dadas por aquela janela, pairar por cima desta grande cidade, retirar cuidadosamente as telhas, espiar dentro das casas e ver as esquisitices que acontecem, as estranhas coincidências, os planos, os desentendimentos, as maravilhosas cadeias de acontecimentos que afetam gerações e levam aos resultados mais incomensuráveis, toda ficção se tornaria obsoleta e imprestável, com seu convencionalismo e suas conclusões previsíveis.

– Ainda não me convenci disso – respondi. – Em geral, os casos que aparecem nos jornais são muito banais e vulgares. Temos nas reportagens policiais o realismo levado a limites extremos, mas, ainda assim, o resultado não é, devo confessar, fascinante nem artístico.

– Certa seletividade e um pouco de comedimento devem ser usados para produzir um efeito realista – observou Holmes. – É isso que está faltando nas reportagens policiais, em cujos relatos das ocorrências se dá mais destaque, talvez, às banalidades do magistrado do que aos detalhes, os quais para o observador contêm a essência vital do caso. De uma coisa você pode ter certeza: não há nada tão antinatural como o lugar-comum.

Sorri e sacudi a cabeça.

– Consigo entender bem o seu pensamento – eu disse. – Claro, em sua posição de conselheiro e ajudante não oficial de todo mundo, em três continentes, que esteja absolutamente desnorteado, você acaba entrando em contato com tudo o que é estranho e bizarro. Mas – peguei o jornal da manhã do chão –, vamos fazer um teste prático. A manchete principal diz o seguinte: "A crueldade de um marido para com sua esposa". Ocupa metade de uma coluna impressa, mas sem ler sei que me é tudo perfeitamente familiar. Há, é claro, a amante, a bebida, o empurrão, o soco, o hematoma, a irmã ou senhoria simpática. O mais simplório dos escritores não poderia inventar nada mais grotesco.

– Na verdade, o seu exemplo não se aplica ao seu argumento – disse Holmes, pegando o jornal e dando uma espiada. – Este é o caso de separação do casal Dundas e, como sempre, eu estive envolvido em esclarecer alguns pequenos pontos relativos à questão. O marido era abstêmio, não havia outra mulher e a conduta denunciada era de que ele havia adquirido o hábito de terminar todas as refeições tirando a dentadura postiça e lançando-a à esposa, o que, você há de concordar, não é uma ação provável que possa ocorrer na imaginação de um contador de histórias de talento mediano.

Tome uma pitada de rapé, doutor, e reconheça que marquei um ponto contra você nesse exemplo.

Ele ofereceu a caixa de fumo, de ouro antigo e com uma grande ametista no centro da tampa. O esplendor desse objeto era tão contrastante com seus hábitos austeros e sua vida simples que não pude evitar fazer um comentário.

– Ah! – ele respondeu. – Esqueci que não via você há algumas semanas. Foi uma pequena lembrança do rei da Boêmia, em troca da minha ajuda no caso da foto de Irene Adler.

– E o anel? – perguntei, olhando um brilhante espetacular que faiscava no dedo dele.

– Era da família real da Holanda, embora a questão em que os servi tenha sido de tanta delicadeza que não posso contá-la nem mesmo a você, que me tem feito o favor de registrar em crônicas alguns probleminhas meus.

– E você já tem outros nas mãos agora? – perguntei interessado.

– Uns dez ou 12, mas nenhum que apresente qualquer característica digna de nota. São importantes, como sabe, sem serem interessantes. Na verdade, descobri que geralmente é nas questões sem importância que existe campo para a observação e para a análise rápida de causa e efeito que traz encanto a uma investigação. Os crimes maiores são mais simples, pois, quanto maior o crime, mais óbvio costuma ser o motivo. Nesses casos, exceto num bastante intrincado que me foi repassado de Marselha, não existe nada que apresente características relevantes. Mas é possível que eu tenha algo melhor dentro de alguns minutos, pois aí vem um de meus clientes, se eu não estiver totalmente enganado.

Ele se levantou da cadeira e ficou em pé observando pela fenda entre as cortinas aquela tediosa e sem graça rua de

Londres. Olhando por cima de seu ombro, vi que na calçada oposta havia uma mulher encorpada, com uma estola de pele grossa em volta do pescoço e uma enorme pluma vermelha esvoaçante presa a um chapéu de abas largas inclinado sobre a orelha, ao estilo coquete da duquesa de Devonshire. Debaixo dessa complicada alegoria, ela olhava de um jeito nervoso e hesitante para as nossas janelas, enquanto seu corpo se movia para trás e para a frente e seus dedos mexiam nos botões das duas luvas. De repente, num mergulho, como o nadador que salta do trampolim, ela atravessou a rua apressada e ouvimos o toque agudo do sino.

– Já vi esses sintomas antes – disse Holmes, atirando o cigarro ao fogo. – Vaivém na calçada significa *affaire du coeur*, coisas do coração. Ela gostaria de se aconselhar, mas não tem certeza se o assunto não é delicado demais para ser comunicado a alguém. E, mesmo assim, podemos distinguir este caso. Quando uma mulher foi vergonhosamente enganada por um homem, ela já não hesita e o sintoma habitual é o cordão do sino arrancado. Aqui, podemos entender que há uma questão amorosa, mas que a moça não está tão brava quanto está perplexa ou triste. Neste caso, ela vem pessoalmente tirar as nossas dúvidas.

Enquanto ele falava, bateram à porta e um menino uniformizado entrou anunciando a senhorita Mary Sutherland, ao mesmo tempo em que ela própria se avultava por trás da sombra do garoto como um navio cargueiro a todo vapor se aproxima de um minúsculo rebocador. Sherlock Holmes acolheu-a com a natural cortesia pela qual era conhecido. Fechou a porta e indicou-lhe uma poltrona, examinando-a da maneira minuciosa, ainda que dissimulada, que lhe era bem peculiar.

– Você acha que compensa – ele questionou –, com a sua visão míope, tentar escrever à máquina tanto assim?

– No começo eu não achava – ela respondeu. – Mas agora sei onde estão as letras sem olhar. – Então, de repente percebendo o real significado de suas palavras, ela sofreu um forte abalo e olhou, com receio e admiração, para o rosto largo e bem-humorado dele.

– Já ouviu falar de mim, senhor Holmes? – ela indagou. – De outro modo, como poderia saber disso tudo?

– Não se preocupe – disse Holmes, rindo. – O meu negócio é saber das coisas. Talvez eu tenha me treinado pessoalmente para ver o que os outros ignoram. Senão, por que você viria me consultar?

– Vim vê-lo, senhor, porque ouvi falar de você pela senhora Etherege, cujo marido você achou muito facilmente quando a polícia e todos o davam por morto. Oh, senhor Holmes, gostaria que fizesse o mesmo por mim. Não sou rica, mas ainda recebo 100 libras por ano de herança, além do pouco que ganho como datilógrafa, e daria tudo para saber que fim levou o senhor Hosmer Angel.

– Por que veio me consultar assim com tanta pressa? – perguntou Sherlock Holmes, juntando as pontas dos dedos e fitando o teto.

Mais uma vez, um olhar assustado cobriu o rosto um pouco vago da senhorita Mary Sutherland.

– Sim, saí apressada de casa – ela reconheceu –, pois fiquei brava de ver a maneira negligente com que o senhor

Windibank, isto é, o meu pai, tratou do assunto. Ele não procurou a polícia e não viria procurá-lo. Enfim, como ele não fez nada e continuou dizendo que nada aconteceu, fiquei doida. Simplesmente peguei as minhas coisas e vim direto até você.

– O seu pai – disse Holmes – ou melhor, o seu padrasto, certamente, porque a palavra é diferente.

– Sim, o meu padrasto. Eu o chamo de pai, apesar de também parecer engraçado, pois ele é apenas cinco anos e dois meses mais velho que eu.

– E a sua mãe está viva?

– Oh, sim, mamãe está viva e bem. Eu não fiquei muito contente, senhor Holmes, quando ela se casou de novo tão logo após a morte do meu pai e ainda por cima com um homem quase 15 anos mais novo que ela. Papai era encanador, fazia instalações hidráulicas na Tottenham Court Road e deixou um negócio muito bem montado, que mamãe passou a cuidar com o senhor Hardy, o gerente. Mas, quando o senhor Windibank chegou, ele a fez vender sua parte no negócio, pois se achava muito superior, já que era representante comercial de vinhos. Eles conseguiram 4.700 libras pelo ponto e os juros, o que não chegava nem perto do que papai obteria se estivesse vivo.

Eu esperava ver Sherlock Holmes impaciente com essa narrativa divagante e inconsequente. Ao contrário, ele ouvia com a maior atenção possível.

– A sua pequena renda – ele perguntou – vem da herança desse negócio?

– Oh, não, senhor, vem de outra fonte completamente à parte, que o tio Ned, de Auckland, deixou para mim. É de um investimento na Nova Zelândia, que paga 4,5 por cento. O capital é de 2.500 libras, mas só posso usufruir dos juros.

– Estou extremamente interessado no seu caso – disse Holmes. – Já que recebe a quantia mais do que razoável de 100 por ano, além do que ganha com o seu trabalho, você, sem dúvida, viaja um pouco e aproveita bastante. Acredito que uma moça solteira pode se virar muito bem com uma renda de cerca de 60 libras.

– Eu poderia viver com muito menos do que isso, senhor Holmes, mas você entende que, como moro na casa deles, não quero ser um fardo, então eles podem usar o dinheiro enquanto eu estiver lá. Claro, isso é apenas por enquanto. O senhor Windibank retira os meus juros trimestralmente e leva para mamãe. Acho que posso viver muito bem com o que ganho como datilógrafa. Ganho dois tostões por folha e geralmente faço de 15 a 20 folhas por dia.

– Você deixou bem clara para mim a sua posição – disse Holmes. – Este é o meu amigo, doutor Watson, perante o qual você pode falar tão livremente quanto antes. Por favor, conte-nos agora sobre a sua relação com o senhor Hosmer Angel.

Um rubor assaltou o rosto da senhorita Sutherland e ela puxou nervosa a franja da jaqueta.

– Eu o conheci no baile dos instaladores de gás – ela disse. – Eles costumavam enviar ingressos ao papai quando ele estava vivo. Depois, continuaram se lembrando de nós e os enviavam para mamãe. O senhor Windibank não gostava que fôssemos. Ele nunca gostava que fôssemos a lugar nenhum. Ficava bastante aborrecido até se eu quisesse muito participar da escola dominical na igreja. Mas dessa vez decidi que iria.

Que direito tinha ele de me impedir? Ele disse que não eram pessoas adequadas para conhecermos, já que todos os amigos do papai estariam lá. Também disse que eu não teria roupa apropriada, quando na verdade eu tinha meu vestido roxo de veludo que nunca havia tirado do armário. Por fim, quando não tinha mais argumentos, ele foi para a França a negócios pela empresa. Mas mamãe e eu fomos ao baile, junto com o senhor Hardy, nosso antigo gerente. Foi onde conheci o senhor Hosmer Angel.

– Suponho – disse Holmes – que, quando o senhor Windibank voltou da França, ficou muito zangado com a ida de vocês ao baile.

– Ele não falou nada. Lembro-me que riu, deu de ombros e disse que de nada adiantava negar algo a uma mulher, pois ela acabaria fazendo o que bem entendesse.

– Certo. Então, foi nesse baile dos instaladores de gás que você conheceu, pelo que percebo, um cavalheiro chamado senhor Hosmer Angel.

– Sim, senhor. Eu o conheci naquela noite e ele foi em casa no dia seguinte para saber se chegamos bem depois que fomos embora na véspera. Na verdade, senhor Holmes, eu o encontrei duas vezes para passear, mas, depois que papai voltou, o senhor Hosmer Angel não podia mais ir em casa.

– Não?

– Bem, como você sabe, papai não gostou nada do tipo. Jamais recebia algum visitante se pudesse evitar e costumava dizer que uma mulher deveria ser feliz em seu círculo familiar. Mas, como eu costumava dizer à mamãe, toda mulher almeja ter o seu próprio círculo, e eu ainda não tinha o meu.

– E quanto ao senhor Hosmer Angel? Ele não fez nenhuma tentativa para ver você?

– Bem, papai iria de novo à França em uma semana. Hosmer escreveu e disse que seria melhor e mais seguro a gente não se ver enquanto ele não tivesse partido. Enquanto isso, nos comunicaríamos por cartas, e ele costumava escrever todos os dias. Eu pegava a correspondência de manhã, assim papai não haveria de saber.

– Você estava noiva do cavalheiro nessa época?

– Sim, senhor Holmes. Ficamos noivos depois da primeira caminhada que fizemos. Hosmer, ou melhor o senhor Angel, era caixa num escritório da Leadenhall Street e...

– Qual escritório?

– Não sei, senhor Holmes, o pior deles.

– Onde ele morava, então?

– Ele dormia nas instalações.

– E você não sabe o endereço dele?

– Não, exceto que ficava na rua Leadenhall.

– Para onde você enviava suas cartas, então?

– Para a agência dos correios da Leadenhall Street. Ele disse que, se fossem enviadas ao escritório, os colegas o aborreceriam por receber cartas de uma moça. Então, sugeri datilografá-las, como ele fazia com as dele. Ele, porém, não aceitou. Disse que, quando eu as escrevia, elas pareciam vir de mim, mas, quando eram datilografadas, ele sempre sentia que existia uma máquina entre nós, a nos separar. Isso só mostra o quanto ele gostava de mim, senhor Holmes, e como procurava me tratar com pequenos mimos.

– Isso foi muito sugestivo – disse Holmes. – Tem sido um axioma meu que as pequenas coisas são infinitamente as mais importantes. Você consegue se lembrar de outros pequenos mimos ou detalhes sobre o senhor Hosmer Angel?

– Ele era um homem muito tímido, senhor Holmes. Preferia andar comigo à noite do que à luz do dia, pois dizia que detestava ser notado. Era muito retraído e cavalheiresco. Até a voz dele era suave. Contou que teve amidalite e caxumba quando criança e ficou com a garganta fraca, a voz hesitante e um jeito sussurrante de falar. Ele estava sempre bem-vestido, muito asseado e simples, mas os seus olhos eram míopes, como os meus, e ele usava óculos escuros contra a claridade.

– Está bem. E o que aconteceu quando o senhor Windibank, o seu padrasto, retornou à França?

– O senhor Hosmer Angel voltou em casa e propôs que nos casássemos antes de papai voltar. Ele estava muito sério e me fez jurar, com as mãos sobre a Bíblia, que, não importava o que acontecesse, eu seria sempre fiel a ele. Mamãe disse que ele estava certo em me fazer jurar e que isso era sinal da paixão dele por mim. Mamãe sempre foi totalmente a favor do Hosmer desde o princípio, inclusive acho que gostava mais dele do que eu. Então, quando eles falaram de o casamento ocorreria dentro de uma semana, comecei a perguntar sobre papai. Mas os dois disseram que eu não precisava me preocupar com papai, apenas lhe contaria depois. Mamãe disse ainda que daria um jeito de ficar tudo bem com ele. Eu não estava gostando nada daquilo, senhor Holmes. Parecia engraçado ter que pedir o consentimento a ele, já que era apenas alguns anos mais velho que eu. Como não queria fazer nada de errado, escrevi para papai em Bordeaux, onde a empresa tem seus escritórios franceses, mas a carta foi devolvida na manhã do casamento.

– Então ele não foi encontrado?

– Sim, senhor, porque ele havia partido para a Inglaterra um pouco antes de a carta chegar.

– Ah! Mas que azar. Daí, o seu casamento estava marcado para a sexta-feira. Seria realizado na igreja?

– Sim, senhor, mas muito discreto. Era para ser na Igreja de São Salvador, perto de King's Cross, e depois almoçaríamos no St. Pancras Hotel. Hosmer foi nos buscar numa carruagem pequena, mas, como éramos duas, ele nos fez subir e pulou sozinho num outro veículo de quatro rodas, que era a única carruagem de aluguel na rua àquela hora. Chegamos à igreja primeiro. Quando a outra carruagem chegou, esperamos que ele descesse, mas isso não aconteceu. O cocheiro apeou e olhou dentro da carruagem, porém não havia ninguém lá! O homem disse que não imaginava o que poderia ter acontecido, pois o viu entrar com seus próprios olhos. Isso foi na última sexta-feira, senhor Holmes, e desde então não vi nem ouvi nada que pudesse esclarecer o que houve com ele.

– Para mim, parece-me que você foi enganada descaradamente – Holmes afirmou.

– Ah, não, senhor! Ele era muito bom e amável comigo para me abandonar assim. Sabe, ele passou aquela manhã toda me dizendo que, não importava o que acontecesse, eu deveria ser firme. E que, mesmo se algo totalmente imprevisto nos separasse, eu deveria sempre me lembrar de que fui prometida a ele e que, mais cedo ou mais tarde, ele reivindicaria a promessa. Pareceu uma conversa estranha para uma manhã de casamento, mas o que aconteceu desde então parece lhe dar sentido.

– Com certeza. Então, a sua própria opinião é que ocorreu alguma catástrofe imprevista com ele?

– Sim, senhor, acredito que ele previa algum perigo, senão não teria falado assim. E, depois, acho que aconteceu o que ele previu.

– Mas você não faz ideia do que pode ter sido?

– Nenhuma.

– Mais uma pergunta. Como a sua mãe encarou o assunto?

– Ela ficou com raiva e disse que eu nunca mais deveria falar sobre esse assunto.

– E o seu pai? Contou a ele?

– Sim. E ele pareceu concordar comigo que algo aconteceu e que Hosmer entraria em contato novamente. Como ele disse, que interesse alguém poderia ter de me conduzir até a porta da igreja para depois me deixar? Agora, se ele tivesse pedido o meu dinheiro emprestado ou se tivesse casado comigo para conseguir o meu dinheiro e se apoderar dele, poderia haver algum motivo. Mas Hosmer era muito independente quanto a dinheiro e jamais tiraria um tostão de mim. E, no entanto, o que teria acontecido? Por que ele não podia escrever? Oh, fico meio louca de pensar nisso e não consigo pregar o olha a noite inteira.

Ela puxou um lencinho da manga do agasalho e começou a soluçar forte com o rosto enfiado no lenço.

– Vou cuidar desse caso para você – disse Holmes, levantando-se. – Não tenho dúvida de que chegaremos a um resultado definitivo. Deixe o peso do problema para mim agora e não ocupe mais a sua mente com isso. Acima de tudo, tente fazer o senhor Hosmer Angel sumir da sua memória, como ele desapareceu da sua vida.

– Acha que não o verei mais?

– Receio que não.

– Então, o que aconteceu com ele?

– Deixe essa questão aos meus cuidados. Eu gostaria de ter uma descrição exata dele, além de algumas cartas que puder separar.

– Coloquei um anúncio sobre ele no *Chronicle* do sábado passado – ela disse. – Aqui está o recorte e aqui estão quatro cartas dele.

– Obrigado. E o seu endereço?

– Lyon Place, número 31, Camberwell.

– Você jamais conseguiu o endereço do senhor Angel, pelo que me contou. Onde o seu pai trabalha?

– Ele viaja para a firma Westhouse & Marbank, grandes importadores de licores da Fenchurch Street.

– Obrigado. Você me forneceu informações muito claras. Deixe as cartas comigo e lembre-se dos conselhos que lhe dei. Guarde todo esse incidente num livro lacrado e não permita que isso afete a sua vida.

– Você é muito gentil, senhor Holmes, mas não posso fazer isso. Serei fiel ao Hosmer. Ele deve me encontrar pronta quando voltar.

Apesar do chapéu ridículo e do rosto inexpressivo, havia algo nobre na fé inocente da nossa visitante que nos obrigava a respeitá-la. Ela colocou seu pequeno pacote de papéis sobre a mesa e partiu, com a promessa de voltar sempre que fosse convocada.

Sherlock Holmes permaneceu quieto por alguns minutos, com as pontas dos dedos apertadas, as pernas esticadas para a frente e o olhar fixo no teto. Então ele pegou da prateleira o cachimbo de argila velho e ensebado, que era como um conselheiro para ele. Depois de acendê-lo, ele se reclinou de volta na cadeira, com espessas espirais de fumaça azul girando em volta dele e um olhar de infinita languidez no rosto.

– É um caso bastante interessante o dessa donzela – ele observou. – Na verdade, achei a moça mais interessante do que o probleminha dela, que, aliás, é bastante trivial. Você encontrará casos semelhantes se consultar os meus arquivos. Veja na pasta “Andover em 77”, aconteceu algo do tipo em Haia no ano passado. Apesar de a ideia ser antiga, nesse caso existem um ou dois detalhes novos para mim. Mas a própria donzela foi muito instrutiva.

– Você parece ver coisas nela que são totalmente invisíveis para mim – observei.

– Não são invisíveis, mas despercebidas, Watson. Você não sabe enxergar, então perde tudo o que é relevante. Não consigo nunca fazê-lo perceber a importância das mangas do agasalho, as coisas sugeridas pelas unhas dos polegares, ou as grandes revelações que dependem de um laço de cadarço de uma bota. Agora, o que notou da aparência dessa mulher? Descreva-a para mim.

– Pois bem, ela tinha um chapéu de palha de abas largas, cor de ardósia, com uma pluma avermelhada. Seu casaco era preto, com aplicação de miçangas pretas e uma franja com pequenos enfeites de contas pretas. O vestido era marrom, um pouco mais escuro do que a cor de café, com uma pequena orla de veludo roxo no pescoço e nas mangas. As luvas eram cinza e estavam gastas no indicador direito. Não observei as botas. Ela tinha pequenos brincos pendentes de ouro, e o ar geral de ser uma pessoa bastante próspera, mas que leva uma vida comum, tranquila e confortável.

Sherlock Holmes juntou as mãos lentamente e riu.

– Dou-lhe a minha palavra, Watson, de que você está indo bem, realmente muito bem. É verdade que omitiu tudo o que é importante, mas entendeu o método e tem uma percepção rápida para cores. Jamais confie nas impressões gerais, meu caro, concentre-se nos detalhes. O meu primeiro olhar vai sempre para as mangas de uma mulher. No homem, talvez seja melhor primeiro examinar os joelhos das calças. Como você bem observou, essa mulher tinha veludo nas mangas, que é um material muito útil para mostrar vestígios. A linha dupla um pouco acima do pulso, onde a datilógrafa pressiona contra a mesa, estava perfeitamente definida. A máquina de costura, do tipo manual, deixa marca similar, mas apenas no braço esquerdo e do lado mais afastado do polegar, em vez de ficar bem na parte mais ampla, como foi o caso. Então, olhei no rosto dela e observando o sinal de um *pince-nez* nos dois lados do nariz, levantei a hipótese de ela ser míope e datilógrafa, o que pareceu surpreendê-la.

– Isso me surpreendeu.

– Mas, com certeza, era óbvio. Então, fiquei muito surpreso e interessado quando olhei para baixo e observei que, apesar das botas que ela usava não serem diferentes uma da outra, eram realmente estranhas. Uma tinha a biqueira ligeiramente decorada e a outra era simples; uma estava abotoada apenas nos dois botões inferiores de cinco e a outra, no primeiro, terceiro e quinto botões. Agora, quando você vê uma jovem senhora, totalmente bem-vestida, sair de casa com botas estranhas, semiabotoadas, não é preciso grande esforço de dedução para perceber que ela saiu com pressa.

– E o que mais? – perguntei, interessado, como sempre, no raciocínio incisivo do meu amigo.

– Notei, de passagem, que ela havia escrito uma nota antes de sair de casa e depois de estar arrumada e pronta. Você observou que a luva direita estava rasgada no indicador, mas aparentemente não viu que tanto a luva como dedo estavam manchados de tinta violeta. Ela escreveu apressada e molhou bem a ponta da caneta bico de pena. Deve ter sido nesta manhã, ou a marca não continuaria clara no dedo. Tudo isso é divertido, embora bastante elementar, mas vamos voltar aos negócios, Watson. Você se importaria de ler a descrição do senhor Hosmer Angel no anúncio?

Aproximei da luz o pequeno recorte impresso.

"Desaparecido", dizia, "na manhã do dia 14, um cavalheiro chamado Hosmer Angel, com 1,70 metro de altura, forte, pele clara, cabelo preto, um pouco careca no topo, costeletas laterais pretas e bigode espesso, óculos escuros, pequeno problema na fala. Estava vestido, quando visto pela última vez, com paletó preto forrado de seda, colete preto, corrente de ouro tipo Albert e calça cinza de *tweed* Harris, com polainas marrons sobre botinas de elástico. Conhecido por ter sido empregado num escritório na rua Leadenhall. Quem tiver notícias..."

– Isso basta – disse Holmes. – Quanto às cartas – ele continuou, olhando para elas –, são muito comuns. Absolutamente nenhuma pista nelas sobre o paradeiro do senhor Angel, exceto que ele cita Balzac uma vez. Há um ponto notável, porém, que sem dúvida vai chamar a sua atenção.

– Elas foram datilografadas – observei.

– E não é só isso: até a assinatura foi datilografada! Repare no pequeno e limpo "Hosmer Angel" no final. Tem data, como você vê, mas não tem cabeçalho nem endereço, exceto Leadenhall Street, o que é bastante vago. A questão da assinatura é muito sugestiva. Na verdade, podemos chamá-la de conclusiva.

– Do quê?

– Meu caro amigo, será possível que você não vê o quão fortemente isso afeta o caso?

– Não posso dizer nada. O que posso afirmar é que ele só faria isso se desejasse ser capaz de negar sua assinatura caso fosse processado por violação de promessa.

– Não, essa não é a questão. No entanto, vou escrever duas cartas, que devem resolver o assunto. Uma é para uma empresa na cidade, a outra é para o padrasto da jovem senhora, o senhor Windibank, perguntando se ele poderia nos encontrar aqui, amanhã às seis da tarde. É bom quando tratamos do caso com parentes do sexo masculino. E agora, doutor, não podemos fazer nada até chegarem as respostas dessas cartas. Então, vamos deixar o nosso pequeno problema de lado nesse ínterim.

Sempre tive tantas razões para acreditar nos poderes sutis de raciocínio do meu amigo e na sua extraordinária energia quando em ação que senti que ele deveria ter sólida fundamentação para o comportamento seguro e tranquilo com que tratava o mistério singular para o qual tinha sido chamado a esclarecer. Apenas uma vez tive conhecimento de uma falha dele, que foi no caso do rei da Boêmia e da fotografia de Irene Adler. Mas, quando recordei o estranho caso do *O signo dos quatro* e comparei com as circunstâncias extraordinárias conectadas a *Um estudo em vermelho*, achei que de fato esse caso era tão confuso e estranho que ele talvez não conseguisse desvendar.

Deixei-o então, ainda pitando seu cachimbo preto de argila, com a convicção de que, quando eu voltasse na noite seguinte, descobriria que ele tinha nas mãos todas as pistas que levariam à identidade do noivo desaparecido da senhorita Mary Sutherland.

Um caso profissional da maior gravidade estava envolvendo a minha própria atenção na época, e passei o dia seguinte inteiro ocupado na cabeceira do paciente. Foi só ao anoitecer que consegui me liberar e pude subir numa carruagem para me dirigir à Baker Street, com medo de chegar tarde demais para ajudar na solução do pequeno mistério. Encontrei Sherlock Holmes sozinho, entretanto: meio adormecido, com seu corpo comprido e magro encolhido no fundo da poltrona. A enorme variedade de garrafas e tubos de ensaio, na qual se destacava o cheiro pungente e asséptico do ácido clorídrico, me dizia que ele passara o dia trabalhando com experiências químicas, que eram tão importantes para ele.

– Bem, você resolveu o caso? – perguntei ao chegar.

– Sim. Era bissulfato de barita.

– Não, não, o mistério! – exclamei.

– Ah, isso! Achei que você queria saber do sal que estava usando. Nunca houve nenhum mistério nesse caso. Mas, como eu disse ontem, alguns detalhes são interessantes. A única desvantagem, receio, é que não há lei que possa alcançar o canalha.

– Então, quem era ele e qual o objetivo de abandonar a senhorita Sutherland?

Mal a pergunta saiu da minha boca e Holmes ainda não tinha aberto os seus lábios para responder, quando ouvimos passos pesados no corredor e uma batida à porta.

– É o padrasto da menina, o senhor James Windibank – disse Holmes. – Ele me escreveu para dizer que estaria aqui às seis. Entre!

O homem que entrou era um sujeito forte, de estatura mediana, com cerca de 30 anos de idade, o rosto liso, barbeado, com um jeito maneiro e insinuante e olhos acinzentados admiravelmente vivos e penetrantes. Ele lançou um olhar questionador em cada um de nós, colocou a cartola brilhante sobre o aparador e, com uma leve reverência, sentou-se na cadeira mais próxima.

– Boa noite, senhor James Windibank – cumprimentou Holmes. – É seu este recado datilografado, pela qual marcou o compromisso comigo hoje às seis horas?

– Sim, senhor. Receio estar um pouco atrasado, mas não sou patrão de mim mesmo, como sabe. Sinto muito que a senhorita Sutherland o tenha incomodado com algo tão sem importância, pois acho que é muito melhor não lavar roupa suja desse tipo em público. Foi totalmente contra a minha vontade que ela veio. Mas trata-se de uma moça muito geniosa, uma garota impulsiva, como você deve ter notado, e não é fácil controlá-la quando ela teima com alguma ideia na cabeça. Claro, eu não me importei tanto com você, já que não está conectado com a polícia oficial, mas é desagradável ter um infortúnio familiar como esse ventilado em público. Além disso, é uma despesa inútil, porque é praticamente impossível encontrar esse Hosmer Angel.

– Muito pelo contrário – disse Holmes calmamente. – Tenho todos os motivos do mundo para acreditar que conseguirei descobrir o senhor Hosmer Angel.

O senhor Windibank teve uma reação brusca e deixou cair as luvas.

– Fico contente de saber disso – ele retrucou.

– É curioso – observou Holmes – como a máquina de escrever tem realmente tanta individualidade quanto a caligrafia de uma pessoa. A menos que sejam bem novas, duas delas não escrevem exatamente igual. Algumas letras ficam mais desgastadas que outras, algumas desgastam apenas de um lado. Agora, observe neste seu recado, senhor Windibank, que toda vez aparece um pequeno borrão no "e" e um leve defeito no rabicho do "r". Existem outras 14 características, mas essas são as mais óbvias.

– Fazemos toda a nossa correspondência com essa mesma máquina no escritório, que, sem dúvida, está um pouco desgastada – o nosso visitante respondeu, olhando atentamente para Holmes com seus olhinhos espertos.

– E agora vou lhe mostrar um estudo que é mesmo muito interessante, senhor Windibank – Holmes prosseguiu. – Qualquer dia desses, penso em escrever outra pequena monografia sobre a relação da máquina de escrever com o crime. É um assunto ao qual tenho dedicado alguma atenção. Tenho aqui quatro cartas que supostamente vieram do homem desaparecido, todas datilografadas. Em cada caso, não só as letras "e" estão borradas e os "r" aparecem sem rabicho, mas você poderá observar, se não se importa de usar a minha lupa, que as 14 outras características às quais fiz alusão também estão presentes.

O senhor Windibank saltou da cadeira e pegou o chapéu.

– Não posso perder tempo com esse tipo de conversa fantástica, senhor Holmes – ele disse. – Se consegue pegar o homem, pegue-o e me avise quando fizer isso.

– Com certeza! – Holmes exclamou, dando um passo à frente e girando a chave na porta. – Fique sabendo, então, que acabo de pegá-lo.

– O quê! Onde? – gritou o senhor Windibank, empalidecendo e olhando para ele como um rato numa ratoeira.

– Ora, ora, nada disso, nem pensar – disse Holmes, tranquilo. – Não é possível escapar desta, senhor Windibank. Tudo está muito claro, e você fez um elogio muito infeliz ao afirmar que para mim seria impossível resolver uma questão tão simples. Muito bem! Sente-se e vamos conversar sobre o assunto.

O nosso visitante desabou numa cadeira, com uma expressão sinistra no rosto e um brilho de suor frio na testa.

– Isso... isso não é crime – ele balbuciou.

– Infelizmente receio que não. Mas, cá entre nós, Windibank, foi um truque cruel, egoísta e sem coração, feito de um jeito tão mesquinho como jamais presenciei antes. Agora, deixe-me repassar o curso dos acontecimentos e me corrija se eu estiver errado.

O homem ficou acuado em sua cadeira, com a cabeça afundada no peito, arrasado. Holmes enfiou os pés no canto da lareira e, reclinando-se para trás com as mãos nos bolsos, começou a falar, mais para si mesmo, ao que parecia, do que para nós.

– O homem se casou por dinheiro com uma mulher muito mais velha do que ele – Holmes disse – e esbanjava o usufruto do dinheiro a que a filha tinha direito enquanto morasse com eles. Era uma soma considerável para pessoas da condição deles, e a perda desse rendimento faria muita diferença. Assim, valia a pena um esforço para preservá-lo. A filha era uma moça de boa índole, amável, mas afetuosa e calorosa com todos, de modo que estava evidente que, com suas ótimas qualidades pessoais e sua pequena renda, ela não conseguiria ficar solteira por muito tempo. Agora, o casamento dela significaria, claro, a perda de 100 libras por ano. Então, o que o padrasto dela fez para evitar isso? Tomou a decisão óbvia de mantê-la em casa, proibindo-a de procurar a companhia de pessoas de sua própria idade. Porém, logo descobriu que essa não seria uma solução permanente. Ela se tornou reativa, reclamava seus direitos e, por fim, anunciou sua firme intenção de ir a determinado baile. O que o inteligente padrasto fez então? Concebeu uma ideia mais digna de sua mente do que de seu coração. Com a conivência e o apoio da esposa, ele se disfarçou, escondeu esses olhos ávidos com óculos escuros, disfarçou o rosto com bigode e costeletas, ocultou sua voz clara num sussurro insinuante e duplamente seguro por conta da miopia da garota, surgiu como o senhor Hosmer Angel, e com isso afastou os outros pretendentes fazendo com que ela o amasse.

– No começo era apenas uma brincadeira – lamentou o visitante. – Nunca imaginamos que ela levaria tão a sério.

– Muito provável que não. De qualquer forma, definitivamente a jovem levou muito a sério e, tendo a certeza de que seu padrasto estava na França, a suspeita de alguma trama nem por um instante passou por sua mente. Ela era adulada e se encantava com as atenções do cavalheiro, e o efeito disso se ampliou pela admiração expressa da mãe. Então, o senhor Angel começou a visitá-la, pois era óbvio que o assunto deveria ser levado tão longe quanto necessário para que se obtivesse um efeito real. Houve encontros e o noivado, como garantia enfim de que as afeições da moça não se voltariam para nenhuma outra pessoa. Mas a tramoia não podia ser mantida para sempre. As supostas viagens para a França eram bastante incômodas. A solução seria claramente levar a história a um final tão dramático que deixasse uma impressão de tal forma permanente e indelével na mente da moça que a impedisse de olhar para qualquer outro pretendente por bastante tempo.

Daí o juramento de votos de fidelidade feito sobre a Bíblia, assim como também as alusões à possibilidade de algo ocorrer na própria manhã do casamento. James Windibank queria que a senhorita Sutherland estivesse tão ligada a Hosmer Angel e tão hesitante quanto ao destino dele que, pelos dez anos seguintes, pelo menos, não ouviria outro homem. Assim, levou-a até a porta da igreja e então, como não poderia ir mais longe, convenientemente desapareceu pelo velho truque de embarcar numa carruagem por uma porta e desembarcar pela outra. Acho que essa foi a sequência dos acontecimentos, senhor Windibank!

O nosso visitante recuperou um pouco de sua calma enquanto Holmes falava e levantou-se da cadeira exibindo uma fria careta em seu rosto pálido.

– Pode ser que sim, ou pode ser que não, senhor Holmes – ele disse –, mas, se você é tão esperto assim, deve ser suficientemente esperto para saber que é você quem está violando a lei agora e que eu não fiz nada condenável aos olhos da lei desde o início. Saiba que, enquanto mantiver essa porta trancada, você poderá ser processado por sequestro, cárcere privado e constrangimento ilegal.

– A lei não pode, como você diz, punir você – reconheceu Holmes, destrancando e abrindo a porta –, no entanto nunca houve alguém que merecesse tanto ser punido. Se a jovem tivesse um irmão ou um amigo, ele haveria de castigá-lo com umas belas chicotadas. Por Deus! – ele continuou, indignando-se ao ver a careta zombeteira no rosto do homem –, isso não faz parte dos meus deveres para com a minha cliente, mas tenho aqui esse meu chicotinho de caça bem ao alcance da mão e acho que não vou resistir a...

Ele deu dois passos rápidos em direção ao chicote, mas, antes que pudesse pegá-lo, houve um estouro selvagem de passos escada abaixo, a pesada porta do corredor bateu e, da janela, vimos o senhor James Windibank sair correndo a toda velocidade pela rua.

– Esse canalha tem sangue frio! – disse Holmes, rindo, enquanto se atirava novamente na poltrona. – Esse sujeito vai continuar de crime em crime até fazer algo muito ruim e terminar numa forca. O caso, em alguns aspectos, não foi de todo desprovido de interesse.

– Ainda não consegui ver completamente todas as etapas do seu raciocínio – observei.

– Bem, estava claro desde o início que era óbvio que este senhor Hosmer Angel devia ter um forte motivo para sua conduta curiosa. Também ficou claro que o único homem que realmente se beneficiou com o incidente, pelo que pudemos ver, foi o padrasto. Além disso, o fato de os dois homens nunca serem vistos juntos e que um sempre aparecia quando o outro estava longe foi muito sugestivo, assim como os óculos escuros e a voz curiosa, que insinuavam um disfarce, tanto como as costeletas espessas. As minhas suspeitas foram todas confirmadas pela atitude peculiar da assinatura datilografada, o que, é claro, inferia que a assinatura por escrito era tão familiar para a moça que ela reconheceria até a menor amostra dela. Você vê que todos esses fatos isolados, junto com tantos outros menores, apontavam na mesma direção.

– E como você os verificou?

– Uma vez encontrado o suspeito, ficou fácil obter corroboração. Eu sabia a empresa onde esse homem trabalhava. Peguei a descrição do anúncio, eliminei tudo o que poderia ser resultado de disfarce: as costeletas, os óculos, a voz; e enviei para a empresa, pedindo que me informassem se correspondia à descrição de algum vendedor viajante. Eu já tinha notado as peculiaridades da máquina de escrever e escrevi para o próprio homem em seu endereço comercial perguntando se ele viria aqui. Como eu esperava, a resposta dele foi datilografada, revelando os mesmos defeitos triviais e característicos. Na mesma correspondência, chegou uma carta de Westhouse & Marbank, da Fenchurch Street, dizendo que a descrição se encaixava em todos os aspectos com a de seu funcionário James Windibank. E isso é tudo. *Voilà tout*!

– E a senhorita Sutherland?

– Se eu contasse, ela não acreditaria em mim. Você deve se lembrar do velho ditado persa que diz: "Corre tanto perigo quem pega o filhote de um tigre como quem arranca a ilusão de uma mulher". Há tanto sentido em Hafiz como em Horácio, e há muito conhecimento do mundo.

Um Escândalo na Boêmia

Capítulo I

Para Sherlock Holmes, ela era sempre "a mulher". Raras vezes o ouvi mencioná-la de outra maneira. Aos olhos dele, ela se sobrepunha e pairava acima das demais pessoas de seu sexo. Não que ele sentisse qualquer emoção semelhante ao amor por Irene Adler. Todas as emoções, e essa em particular, eram abomináveis para sua mente fria, calculista, mas admiravelmente equilibrada. Acho que ele era a mais perfeita máquina de raciocínio e observação que o mundo já viu, mas, como amante, ficava em posição desfavorável. Ele nunca falava de paixões frívolas, a não ser com sarcasmo e desprezo. Essas eram coisas admiráveis para um observador atento, excelentes para revelar os motivos e as ações dos homens. Contudo, em um indivíduo treinado para o raciocínio lógico, admitir tais intromissões em seu próprio temperamento delicado e finamente ajustado seria introduzir um fator de distração que poderia colocar em dúvida todos os seus resultados mentais. Deixar entrar areia num instrumento sensível ou rachar a lente de uma de suas poderosas lupas não seria fato mais perturbador do que a natureza dele ser afetada por uma emoção forte. E, no entanto, para ele existia apenas uma mulher, e essa mulher era exatamente Irene Adler, um caso antigo, de duvidosa e questionável memória.

Ultimamente, estive poucas vezes com Holmes. O meu casamento nos afastou. A minha felicidade tão plena e o meu interesse voltado totalmente para o lar, fatos que acontecem com o homem que pela primeira vez se torna senhor de sua própria casa, foram motivos suficientes para absorver toda a minha atenção, enquanto Holmes, cuja alma boêmia abominava qualquer forma de convivência em sociedade, permanecia em nossa residência na Baker Street, enterrado em seus livros velhos, alternando semanas entre a cocaína e a ambição, entre a indolência da droga e a energia feroz de sua natureza aguçada. Ele continuava, como sempre, profundamente atraído pelo estudo da criminalidade, usando sua imensa inteligência e seus extraordinários poderes de observação para seguir as pistas e resolver os mistérios dos casos sem solução abandonados pela polícia oficial. De vez em quando, eu ouvia falar de suas façanhas: de sua convocação para ir a Odessa no caso do assassinato de Trepoff, do esclarecimento da singular tragédia dos irmãos Atkinson em Trincomalee e, por fim, da muito delicada e bem-sucedida missão realizada para a família real da Holanda. Além desses sinais de suas atividades que, aliás, eu meramente compartilhava com os leitores da imprensa diária, eu sabia muito pouco a respeito do meu antigo amigo e companheiro.

Certa noite – em 20 de março de 1888 –, eu voltava de uma visita a um paciente (pois havia retomado a minha prática da clínica médica) quando o meu caminho me levou a Baker Street. Ao passar diante daquela porta tão conhecida, quase sempre associada em minha mente ao meu namoro e aos incidentes obscuros de *Um estudo em vermelho*, fui tomado pelo desejo intenso de ver Holmes novamente e de saber como ele andava empregando seus extraordinários poderes. O quarto estava bem aceso e, assim que olhei para cima, vi sua figura alta e magra passar duas vezes numa silhueta escura contra a cortina. Ele andava de um lado para o outro com rapidez e impaciência, a cabeça afundada no peito e as mãos cruzadas nas costas. Para mim, que conhecia todos os seus hábitos e humores, aquela atitude e aqueles modos falavam por si só. Ele tinha retornado ao trabalho. Ele havia despertado de seus devaneios criados pela droga e mais uma vez farejava algum problema. Toquei a campainha e fui conduzido à sala que antigamente também me pertencia.

O jeito dele raramente era efusivo, mas acho que ele ficou contente de me ver. Mal me cumprimentou com uma palavra, mas, com olhar gentil, indicou-me uma poltrona, ofereceu a carteira de charutos, apontou para uma garrafa de bebida e um sifão no canto. Ficou parado em pé, diante da lareira e olhou para mim do seu modo introspectivo característico.

– O casamento fez bem a você – ele observou. – Acho, Watson, que engordou três quilos e meio desde a última vez que o vi.

– Três! – respondi.

– Isso mesmo, pensei que fosse um pouco mais. Só um pouquinho mais, sabe, Watson. E vejo que está clinicando novamente. Você não me disse que pretendia voltar a pegar no batente.

– Pois bem, como soube?

– Percebi, deduzi. Como poderia saber que você se molha muito ultimamente e que tem uma empregada desajeitada e bastante descuidada?

– Meu caro Holmes – eu disse –, assim já é demais. Você certamente seria queimado vivo se tivesse vivido séculos atrás. É verdade que fiz um passeio no campo na quinta-feira e voltei encharcado para casa. Mas troquei de roupa e não consigo imaginar como você deduziu isso. Quanto a Mary Jane, ela é incorrigível e a minha mulher já a mandou embora. Porém, de novo, não sei como você adivinhou.

Ele riu consigo mesmo e esfregou suas grandes mãos agitadas.

– Na verdade, é muito simples – falou. – Os meus olhos me dizem que na parte interna do pé esquerdo do seu sapato, exatamente onde a luz da lareira alcança, o couro está marcado com seis cortes quase paralelos, obviamente provocados por alguém que sem nenhum cuidado raspou as beiradas da sola de modo a remover uma crosta de lama seca. Daí, portanto, a minha dupla dedução de que você esteve fora da cidade com tempo ruim e que tinha uma representante das criadas de Londres, arranhadora de botas, particularmente incompetente. Quanto ao fato de você clinicar, se um cavalheiro entra na minha casa cheirando a iodofórmio, com uma mancha preta de nitrato de prata no dedo indicador da mão direita e uma saliência na lateral da cartola mostrando onde guardou o estetoscópio, eu deveria ser muito tolo, de fato, se não o reconhecesse como um membro atuante da profissão médica.

Não consegui conter o riso diante da facilidade com que ele explicava seu processo dedutivo.

– Quando escuto a sua explicação – observei –, tudo sempre parece ridiculamente tão simples que até eu conseguiria fazer isso por conta própria, embora fique desconcertado a cada exemplo sucessivo do seu raciocínio enquanto você não explica o processo. Mesmo assim, ainda acredito que os meus olhos sejam tão bons quanto os seus.

– Com certeza – ele respondeu, acendendo um cigarro e atirando-se numa poltrona. – Você vê, mas não observa. A diferença é clara. Por exemplo: quantas vezes você já viu os degraus que sobem do saguão até esta sala?

– Muitas.

– Mais ou menos quantas vezes?

– Bem, algumas centenas de vezes.

– Pois bem, são quantos degraus?

– Quantos? Não sei!

– Com certeza você não observou, embora tenha visto. É exatamente esse o ponto. Então, eu sei que são 17 degraus, porque ao mesmo tempo vi e observei. A propósito, já que se importa com esses pequenos problemas e que é suficientemente bom para registrar uma ou duas experiências banais minhas, talvez ache isto interessante.

Ele me mostrou uma anotação num papel de carta cor-de--rosa que estava o tempo todo sobre a mesa.

– Veio na última entrega do correio – ele disse. – Leia em voz alta.

A nota não trazia data, nem assinatura ou endereço.

– Você receberá uma visita hoje à noite, às quinze para as oito. Trata-se de um cavalheiro que deseja consultá-lo sobre um assunto da maior relevância. Os seus recentes serviços para uma casa real da Europa mostraram que você é uma pessoa em quem se pode, com segurança, confiar assuntos de uma importância que dificilmente será exagerada. Essa informação por nós recebida a seu respeito veio dos quatro cantos. Esteja em seu escritório nesse horário, e não se ofenda caso o visitante use máscara.

– Um mistério, de fato – comentei. – Não imagina o que significa?

– Ainda não tenho elementos. É um erro crasso teorizar antes de ter os elementos. Inconscientemente a pessoa começa a distorcer os fatos para justificar as teorias, em vez de as teorias justificarem os fatos. Mas voltemos à nota. O que você deduz dela?

Examinei cuidadosamente a letra e o papel onde a mensagem foi escrita.

– Presumo que o homem que escreveu tenha recursos – observei, tentando imitar o procedimento do meu amigo. – Este papel não pode ser comprado por menos de meia coroa o pacote. É especialmente forte e rígido.

– Especial, essa é a palavra certa – disse Holmes. – Não é um papel inglês, de modo algum. Coloque-o contra a luz.

Fiz isso e vi, marcados na textura do papel, um "E" maiúsculo com um "g" minúsculo, um "P", e um "G" maiúsculo com um "t" minúsculo.

– O que acha que é? – Holmes perguntou.

– É o nome do fabricante, sem dúvida. Ou melhor, seu monograma.

– Nada disso. O "G" junto com o "t" minúsculo significa "Gesellschaft", que é "companhia" em alemão. É uma abreviação comum como a nossa "cia". O "P", é claro, significa "papel". Agora, quanto a "Eg", vamos dar uma olhada no nosso Dicionário Geográfico Continental.

Ele pegou um pesado volume marrom numa estante.

– Eglow, Eglonitz, cá estamos: Egria. Fica na Boêmia, uma região de fala alemã, não muito distante de Carlsbad, "famosa por ter sido o cenário da morte de Wallenstein e também pelas muitas fábricas de vidro e de papel". Ha, ha! Meu caro, o que acha disso?

Seus olhos brilharam. Triunfante, ele soltou uma grande nuvem de fumaça azul de seu cigarro.

– O papel foi fabricado na Boêmia – eu disse.

– Exatamente. E o homem que escreveu o bilhete é alemão. Note a construção peculiar da frase: "Essa informação por nós recebida a seu respeito veio dos quatro cantos". Nenhum francês ou russo escreveria assim. Só um alemão usa o verbo de maneira tão estranha. Resta apenas descobrir o que deseja esse alemão que escreve em papel da Boêmia e prefere usar máscara a mostrar a face. E eis que ele chega, se não me engano, para esclarecer todas as nossas dúvidas!

Assim que ele falou, ouvimos o alarido dos cascos dos cavalos e de rodas raspando no meio-fio e, em seguida, o toque estridente da campainha. Holmes suspirou.

– Uma parelha, pelo barulho – ele disse. – Sim – continuou, olhando pela janela. – Uma graciosa pequena carruagem e um par de belos animais, no valor de 150 guinéus cada um. Há pelo menos muito dinheiro envolvido neste caso, Watson.

– Acho melhor eu ir embora, Holmes.

– Nem pensar, doutor. Fique onde está. Sinto-me perdido sem o meu Boswell. A coisa promete ser interessante. Seria uma pena perder isso.

– Mas o seu cliente...

– Não se preocupe com ele. Posso precisar da sua ajuda e ele também. Lá vem ele. Doutor, sente-se nesta poltrona e preste bastante atenção.

Os passos lentos e pesados que tinham sido ouvidos nas escadas e no corredor pararam imediatamente diante da porta. Então, a pessoa bateu com força, demonstrando autoridade.

– Entre! – disse Holmes.

O homem que entrou tinha quase 2 metros de altura, com peitoral e braços hercúleos. Sua roupa era rica, mas de uma riqueza que, na Inglaterra, seria vista como de mau gosto. Grossas faixas de astracã cortavam as mangas e a frente do sobretudo, enquanto o manto azul-marinho jogado sobre os ombros era forrado de seda carmesim, preso ao pescoço com um broche composto de um único berilo flamejante. As botas, que subiam até a metade da panturrilha, eram enfeitadas em cima com uma rica pele marrom e completavam a impressão de opulência barbaresca sugerida pelo visual como um todo. Ele carregava um chapéu de abas largas na mão, embora usasse na parte superior do rosto, acima das bochechas, meia máscara preta, que aparentemente havia ajustado naquele exato instante, pois sua mão ainda estava levantada quando entrou. Pela parte inferior do rosto, ele parecia ser um homem de personalidade forte, com um lábio grosso e caído e um queixo longo, reto, que sugeria firmeza levada às raias da obstinação.

– Está com o meu recado? – ele perguntou num tom de voz ríspido, com forte sotaque alemão. – Avisei que viria. – Ele olhava para cada um de nós dois, como se não tivesse certeza a quem se dirigir.

– Sente-se, por favor – disse Holmes. – Este é o meu amigo e colega, o doutor Watson, que eventualmente é bastante bom para me ajudar em meus casos. Com quem tenho a honra de falar?

– Pode me chamar de conde Von Kramm, um nobre da Boêmia. Entendo que esse cavalheiro seu amigo seja um homem honrado e discreto, a quem eu poderia confiar assuntos da mais extrema importância. Caso contrário, prefiro me comunicar somente com você.

Eu me levantei para sair, mas Holmes me segurou pelo braço e me empurrou de volta para a poltrona.

– Fale com nós dois ou com nenhum – ele disse. – Perante este cavalheiro você pode dizer qualquer coisa que diria a mim.

O conde encolheu seus ombros largos.

– Então, vou começar exigindo de ambos segredo absoluto por dois anos. Ao final desse tempo, o assunto não será mais importante. No presente momento, não é demais dizer que isso tem um peso capaz de influenciar a história europeia.

– Eu prometo – disse Holmes.

– Eu também.

– Vocês me desculpem pela máscara – continuou o estranho visitante. – A augusta pessoa que me emprega deseja que seu agente permaneça desconhecido para vocês e eu posso confessar de imediato que o título com o qual acabei de me apresentar não é exatamente o meu.

– Eu já imaginava isso – disse Holmes friamente.

– As circunstâncias são muito delicadas e todas as precauções devem ser tomadas para abafar o que pode se tornar um imenso escândalo e comprometer seriamente uma família real da Europa. Para falar claro, o assunto implica na grande Casa de Ormstein, dos herdeiros do trono da Boêmia.

– Eu já imaginava isso também – murmurou Holmes, fechando os olhos e afundando na poltrona.

O visitante olhou com certa surpresa aparente para a figura relaxada e lânguida do homem que, sem dúvida, lhe fora descrito como a mente de raciocínio mais incisivo e o agente mais cheio de energia da Europa. Lentamente, Holmes reabriu os olhos e fitou impaciente o gigantesco cliente.

– Se vossa majestade condescender em revelar seu caso – ele observou –, terei melhor condição de aconselhá-lo.

O homem saltou da poltrona e passou a caminhar de um lado para outro na sala, num estado de agitação incontrolável. Então, com um gesto de desespero, arrancou a máscara do rosto e jogou-a no chão.

– Você está certo – ele gritou. – Eu sou o rei. Por que haveria de tentar esconder isso?

– Não há motivo, não é mesmo? – murmurou Holmes. – Vossa majestade não disse, mas eu imaginei que falava com Wilhelm Gottsreich Sigismond von Ormstein, grão-duque de Cassel-Felstein, herdeiro do trono da Boêmia.

– Mas você compreende – disse o estranho visitante, sentando-se novamente e passando a mão na testa larga e branca. – Você é capaz de entender que não estou acostumado a fazer pessoalmente negócios desse tipo. Porém, o assunto era tão delicado que eu não podia confiá-lo a nenhum agente sem ficar refém da situação. Vim incógnito de Praga com o propósito de consultá-lo.

– Então, consulte-me, por favor – disse Holmes, fechando os olhos mais uma vez.

– Em poucas palavras, os fatos são os seguintes: há mais ou menos cinco anos, durante uma longa visita a Varsóvia, travei conhecimento com Irene Adler, uma aventureira bem conhecida. Esse nome, sem dúvida, lhe é familiar.

– Por favor, doutor, procure-a com cuidado nos meus arquivos – murmurou Holmes sem abrir os olhos.

Há muitos anos ele havia adotado um sistema de fichas catalogadas contendo registros de referências a indivíduos e assuntos. Então, era difícil mencionar qualquer tema ou pessoa sobre os quais ele não conseguisse obter informações imediatamente. Nesse caso específico, encontrei a biografia dela espremida como o recheio de um sanduíche entre a de um rabino judeu e a do comandante de uma equipe de pesquisadores que havia escrito uma monografia a respeito de peixes de profundidades abissais.

– Deixe-me ver! – disse Holmes. – Hum! Nasceu em Nova Jersey, no ano de 1858. É contralto. Hum! La Scala, hum! Foi *prima donna* da Ópera Imperial de Varsóvia. Sim! Afastou-se dos palcos líricos. Ha! Mora em Londres, é verdade! Pelo que entendi, vossa majestade se envolveu com essa moça, escreveu algumas cartas comprometedoras e agora deseja conseguir essas cartas de volta.

– Exatamente. Só não sei como...

– Vocês se casaram em segredo?

– Não.

– Existe algum documento ou certidão de valor legal?

– Nenhum.

– Então, não entendo vossa majestade. Se essa moça quisesse usar essas cartas para fazer chantagem ou para outros fins escusos, como provaria a autenticidade delas?

– Pela caligrafia.

– Falsificada, sem chance!

– O meu papel de cartas pessoal.

– Roubado.

– O meu próprio timbre.

– Imitação.

– A minha foto.

– Comprada.

– Estamos ambos na fotografia.

– Oh, céus! É mesmo muito ruim! Vossa majestade de fato cometeu uma indiscrição.

– Eu estava louco, insano.

– Comprometeu-se seriamente.

– Eu era apenas o príncipe herdeiro na época. Era jovem. Tenho só 30 anos agora.

– A foto precisa ser recuperada.

– Tentamos sem sucesso.

– Vossa majestade pode pagar. A foto deve ser comprada.

– Ela não vai vender.

– Roube, então.

– Cinco tentativas já foram feitas. Duas vezes, ladrões pagos por mim reviraram a casa dela. Uma vez, desviamos a bagagem quando ela viajava. Duas outras vezes preparamos ciladas. Sem nenhum resultado.

– Nem sinal?

– Absolutamente nada.

Holmes riu.

– É uma tolice bastante interessante – ele disse.

– Mas muito séria para mim – retrucou o rei, ressabiado.

– Muito séria mesmo. O que ela pretende fazer com a foto?

– Arruinar-me.

– Mas como?

– Estou para me casar.

– Fiquei sabendo.

– Com Clotilde Lothman von Saxe-Meningen, segunda filha do rei da Escandinávia. Você deve conhecer os princípios rígidos da família. Ela é a própria delicadeza em pessoa. Qualquer sombra de dúvida quanto à minha conduta seria o fim, estragaria tudo.

– E Irene Adler?

– Ameaça enviar a foto a eles. E ela vai fazer isso, sei que vai. Você não a conhece, mas ela tem uma alma de aço. Possui o rosto das mulheres mais bonitas e a mente dos homens mais decididos. Para me impedir de me casar com outra mulher, não há limites para suas ações, nenhum.

– Tem certeza de que ela ainda não enviou a foto?

– Absoluta.

– Por quê?

– Porque ela disse que enviaria no dia em que o noivado fosse anunciado publicamente. Isso acontecerá na próxima segunda-feira.

– Muito bem, então ainda temos três dias – disse Holmes, bocejando. – Isso vem bem a calhar, pois no momento tenho uma ou duas questões importantes para analisar. Vossa majestade, é claro, ficará em Londres por enquanto?

– Com certeza. Você me encontrará no Langham, com o nome do conde Von Kramm.

– Então vou manter contato para que fique a par dos nossos progressos.

– Faça isso, por favor. Aguardarei ansiosamente.

– E quanto ao dinheiro?

– Você tem carta branca.

– Total?

– Saiba que eu daria uma província do meu reino para ter essa fotografia.

– E para despesas correntes?

O rei tirou uma pesada bolsa de couro de camurça debaixo do manto e colocou-a sobre a mesa.

– Aqui tem 300 libras em ouro e 700 em notas – ele disse.

Holmes fez um recibo numa folha de seu caderno e entregou-o ao rei.

– E o endereço da senhorita? – Holmes perguntou.

– Briony Lodge, Serpentine Avenue, St. John's Wood.

Holmes anotou.

– Outra questão – ele disse. – A foto era em formato de quadro?

– Era.

– Então, boa noite, vossa majestade. Confio que em breve teremos boas notícias para você.

– E boa noite, Watson – ele acrescentou quando as rodas da carruagem real rolavam pela rua abaixo. – Se puder me ver amanhã às três da tarde, gostaria de conversar sobre essa bobagem com você.

Capítulo II

Exatamente às três da tarde eu estava na Baker Street, mas Holmes ainda não havia retornado. A senhoria me informou que ele tinha saído pouco depois das oito da manhã. Sentei-me ao lado da lareira, com a intenção de esperá-lo pelo tempo que fosse necessário. Já estava profundamente interessado naquela consulta, pois, embora não estivesse cercada por nenhum dos traços estranhos e sombrios associados aos dois crimes que eu havia relatado, ainda assim a natureza do caso e a elevada posição do cliente davam-lhe características próprias. Na verdade, além da natureza da investigação que meu amigo tinha nas mãos, havia algo em sua compreensão magistral de qualquer situação, além de seu raciocínio agudo e incisivo, que tornava um prazer para mim estudar seu sistema de trabalho e seguir os métodos rápidos e sutis pelos quais ele destrinchava os mistérios mais intrincados. Tão acostumado eu estava com seu sucesso invariável, que a própria possibilidade de ele falhar havia deixado de entrar na minha cabeça.

Eram quase quatro horas quando a porta se abriu e um cavalariço, aparentemente bêbado, malvestido e mal-humorado, com o rosto inchado e as roupas em desalinho, entrou na sala. Acostumado como estava aos incríveis poderes do meu amigo no uso de disfarces, tive que olhar três vezes antes de ter certeza de que era ele mesmo. Com um aceno de cabeça, ele desapareceu no quarto, de onde voltou cinco minutos depois, vestindo paletó, arrumado e respeitável de um modo apropriado à sua idade. Enfiando as mãos nos bolsos, esticou as pernas diante da lareira e riu de bom grado por alguns minutos.

– Muito bem, realmente! – ele exclamou e então engasgou e riu novamente até ser obrigado a se deitar, tonto e esgotado, na cadeira.

– O que houve?

– Foi engraçado demais. Tenho certeza de que você jamais adivinharia como passei esta manhã, ou o que acabei fazendo.

– Não posso imaginar. Suponho que tenha observado os hábitos e talvez a casa da senhorita Irene Adler.

– Isso mesmo. Mas o desenrolar dos fatos foi bastante inusitado. Vou lhe contar. Saí da casa um pouco depois das oito horas desta manhã, caracterizado como um cavalariço de folga. Há uma maravilhosa simpatia e companheirismo entre os homens que tratam de cavalos. Se você for um deles, saberá tudo o que há para saber. Logo encontrei Briony Lodge. É um sobrado gracioso, com jardim nos fundos, mas construído de frente para a rua, rente à calçada, com dois andares e uma enorme fechadura na porta. Tem uma grande sala de estar no lado direito, bem mobilada, com longas janelas quase até o chão e aqueles absurdos trincos ingleses que até uma criança consegue abrir. Na parte de trás, não havia nada digno de nota, exceto que a janela de passagem poderia ser facilmente alcançada pelo telhado da cocheira. Andei ao redor, examinei a casa de perto e de todos os pontos de vista, mas sem notar nada interessante.

"Então, desci a rua e encontrei, como esperava, uma estrebaria num beco ao lado do muro do jardim. Dei uma ajuda aos cavalariços que esfregavam seus cavalos e em troca recebi dois tostões, uma caneca de cerveja, duas porções de tabaco picado e toda as informações que poderia desejar a respeito da senhorita Adler, para não dizer de meia dúzia de outras pessoas do bairro que não me interessavam, mas cujas biografias fui obrigado a tomar conhecimento.

– E quanto a Irene Adler? – perguntei.

– Ora, ela virou a cabeça de todos os homens daquela região. É a coisa mais bonita deste planeta, na opinião dos homens da estrebaria Serpentine. Ela é recatada, canta em concertos, sai todos os dias às cinco horas e volta às sete, ávida para jantar. Raramente sai em outras ocasiões, exceto quando vai cantar. Tem apenas um visitante do sexo masculino, mas muito frequentador. Ele é moreno, bonito e elegante, nunca deixa de ir menos de uma vez por dia, muitas vezes vai duas vezes. O tal senhor é Godfrey Norton, advogado na corte, de Inner Temple. Veja as vantagens de se ter cocheiros de aluguel como informantes. Eles levaram o cidadão até a casa na avenida Serpentine uma dúzia de vezes e sabiam tudo a respeito dele. Depois que escutei tudo o que eles tinham para contar, novamente comecei a caminhar para cima e para baixo perto de Briony Lodge, pensando no meu plano.

"Esse Godfrey Norton era evidentemente um fator importante no assunto. Ele era advogado. Isso parecia mau sinal. Qual seria a relação entre eles e qual o objetivo de suas repetidas visitas? Ela era sua cliente, amiga ou amante? Se fosse a primeira alternativa, ela provavelmente havia transferido a foto para sua guarda. Se fosse a última, a probabilidade seria menor. Eu dependia da resposta dessa questão para decidir se deveria continuar o meu trabalho em Briony Lodge, ou voltar a minha atenção para o gabinete do cavalheiro em Inner Temple. Era um ponto delicado, que ampliava o campo da minha investigação. Temo aborrecê-lo com esses detalhes, mas tenho que lhe mostrar as pequenas dificuldades, para que você entenda a situação."

– Estou acompanhando atentamente – respondi.

– Eu ainda estava equacionando o assunto em minha mente quando uma pequena carruagem de aluguel chegou a Briony Lodge e um cavalheiro saltou. Era um homem notavelmente bonito, moreno, aquilino e bigodudo, evidentemente o homem de quem eu tinha ouvido falar. Parecia estar com muita pressa, gritou para o cocheiro esperar e passou pela empregada que lhe abrira a porta com o ar de um homem que estava completamente em casa.

"Ele permaneceu cerca de meia hora lá dentro. Eu podia avistá-lo pelas janelas da sala de estar, andando de um lado para o outro, conversando animadamente e gesticulando com os braços. Dela eu não consegui ver nada. Em seguida ele emergiu, parecendo ainda mais apressado do que antes. Quando se aproximou da carruagem, puxou um relógio de ouro do bolso e olhou preocupado. 'Corra feito o capeta', ele ordenou, 'primeiro para Gross & Hankey's, na Regent Street, e depois para a Igreja de Santa Mônica, na Edgeware Road. Meio guinéu se fizer isso em 20 minutos!'

"E lá se foram eles. Foi nesse exato momento, quando eu cogitava se não seria melhor segui-los, que da viela surgiu uma pequena carruagem landau novinha, com o cocheiro ainda abotoando o casaco, a gravata presa na orelha e as pontas dos arreios fora das fivelas. O veículo nem chegou a parar totalmente e ela saiu correndo pela porta para se atirar dentro dele. Só a enxerguei de relance, mas vi que era uma mulher encantadora, com um rosto pelo qual qualquer homem estaria disposto a morrer.

"'Para a Igreja de Santa Mônica, John', ela mandou, 'e vai ganhar uma moeda de meio soberano de ouro se chegar lá em 20 minutos.'

"Aquilo era bom demais para se perder, Watson. Eu ainda cogitava se sairia correndo, ou se me agarrava na traseira do landau dela quando um cabriolé de aluguel surgiu na rua. O cocheiro olhou duas vezes para o passageiro maltrapilho, mas eu embarquei antes que ele pudesse objetar. 'Para a Igreja de Santa Mônica', eu disse, 'e vai ganhar uma moeda de meio soberano de ouro se chegar lá em 20 minutos.' Faltava vinte e cinco para o meio-dia e, evidentemente, ficou claro o que estava acontecendo.

"O cocheiro do meu cabriolé foi rápido. Acho que nunca andei tão rápido, mas os outros chegaram antes. A carruagem e o landau com seus cavalos esbaforidos estavam na frente da porta quando desci. Paguei o homem e corri para a igreja. Não havia vivalma lá dentro além dos dois que eu tinha seguido e um clérigo que usava uma veste branca rendada sobre a batina e que parecia discutir com eles. Os três estavam reunidos de pé na frente do altar. Percorri o corredor lateral como qualquer outro fiel que entrasse numa igreja. De repente, para minha surpresa, os três no altar se viraram para me encarar, e Godfrey Norton veio correndo o mais rápido que pôde até mim.

"'Graças a Deus!', ele exclamou. 'Serve você. Venha! Venha!'

"'Como?', perguntei.

"'Venha, homem, venha, temos apenas três minutos ou não terá valor legal.'

"Fui meio arrastado para o altar e, antes que soubesse onde estava, encontrei-me murmurando respostas que eram sussurradas em meu ouvido e atestando coisas que desconhecia por completo, e de modo geral ajudando na firme união de Irene Adler, solteira, com Godfrey Norton, celibatário. Em um instante, tudo se consumou, com o cavalheiro me agradecendo de um lado e a dama do outro, enquanto o clérigo sorria embevecido na minha frente. Foi a situação mais esdrúxula que já passei na vida, e agora pouco, pensando nisso, comecei a rir. Parece que havia tanta informalidade na cerimônia deles que o clérigo se recusava absolutamente a casá-los sem a presença de algum tipo de testemunha, e surgi bem a tempo de evitar que o noivo fosse obrigado a sair às ruas em busca de um padrinho. A noiva me deu uma moeda de um soberano, que pretendo colocar na corrente do meu relógio como lembrança da ocasião.

– Foi uma reviravolta surpreendente, totalmente inesperada – comentei. – E depois?

– Bem, percebi que os meus planos estavam seriamente ameaçados. Parecia que o casal poderia partir de imediato. Isso exigia medidas muito rápidas e enérgicas da minha parte. Na porta da igreja, no entanto, eles se separaram, com ele se dirigindo de volta a Inner Temple e ela para sua própria casa. 'Vou passear no parque às cinco, como de costume', ela disse ao deixá-lo. Não ouvi mais nada. Eles seguiram direções diferentes e eu saí para organizar umas coisas.

– Que seriam quais?

– Um prato de carne fria e uma caneca de cerveja – ele respondeu, tocando a sineta. – Estava ocupado demais para pensar em comida e provavelmente estarei ainda mais ocupado esta noite. Por sinal, doutor, vou precisar da sua cooperação.

– Será um prazer.

– Importa-se de burlar a lei?

– Nem um pouco.

– Mesmo correndo risco de prisão?

– Não se for por uma boa causa.

– Ora, a causa é ótima!

– Então, conte comigo.

– Eu tinha certeza de que poderia confiar em você.

– Mas o que você deseja?

– Depois que a senhora Turner trouxer a bandeja, explicarei tudo a você. Então – ele falou, atacando avidamente a refeição simples que a senhoria havia providenciado –, preciso discutir isso enquanto como, pois não tenho muito tempo. São quase cinco horas agora. Em duas horas, deveremos estar na cena da ação. A senhorita Irene, ou melhor, a senhora Irene, volta do passeio às sete. Deveremos estar em Briony Lodge para nos encontrarmos com ela.

– Como assim?

– Pode deixar comigo, já arranjei tudo o que vai ocorrer. Só tem uma coisa sobre a qual devo insistir. Você não pode interferir, aconteça o que acontecer. Entendeu?

– Devo ser neutro?

– Não deve fazer nada. Provavelmente haverá algum pequeno estranhamento. Não se meta nisso. Vou acabar sendo admitido na casa. Quatro ou cinco minutos depois, a janela da sala de estar se abrirá. Você deve se posicionar perto dessa janela aberta.

– Sim.

– Procure me observar, pois vou ficar visível para você.

– Sim.

– E, quando eu levantar a mão, só então, você jogará na sala algo que lhe darei para atirar ao mesmo tempo em que gritará "fogo". Entendeu?

– Perfeitamente.

– Não é nada muito formidável – diz ele, tirando do bolso um rolo comprido em forma de charuto. – É um rojão de fumaça comum, equipado com uma espoleta em cada ponta, para que acenda sozinho. A sua tarefa se limita a fazer isso. Quando você soltar o grito de fogo, ele será ecoado por várias pessoas. Então, deve caminhar até o fim da rua, onde vou encontrá-lo dez minutos depois. Ficou claro para você, espero?

– Devo permanecer neutro, aproximar-me da janela, observar você e, ao seu sinal, lançar esse objeto, depois gritar "fogo" e esperá-lo no fim da rua.

– Exato.

– Então pode confiar em mim completamente.

– Ótimo. Acho que já está quase na hora de eu me preparar para o novo papel que vou desempenhar.

Ele desapareceu no quarto e voltou em poucos minutos no personagem de um clérigo progressista amável e simples. O enorme chapéu preto de abas largas, as calças largas, a gravata branca, o sorriso simpático e a aparência geral de sagacidade e benevolência eram tão convincentes que somente a atuação do senhor John Hare seria equivalente. Não era o Holmes com a roupa trocada. Sua expressão, suas maneiras, sua própria alma pareciam variar conforme cada novo disfarce que ele representava. O palco perdera um bom ator, assim como a ciência perdera um raciocínio arguto, quando ele se tornou um especialista em crimes.

Saímos seis e quinze de Baker Street e ainda faltava dez para as sete quando chegamos à Serpentine Avenue. Já anoitecia e as lâmpadas estavam sendo iluminadas enquanto caminhávamos para cima e para baixo diante de Briony Lodge, esperando a chegada da moradora. A casa era exatamente conforme a descrição sucinta que Sherlock Holmes fizera, mas o local parecia menos privativo do que eu esperava. Pelo contrário: para uma pequena rua em um bairro tranquilo, era incrivelmente agitado. Havia um grupo de homens malvestidos fumando e rindo numa esquina, um amolador de tesouras com sua roda, dois guardas flertando com uma enfermeira e vários rapazes bem-vestidos passeando de charuto na boca.

– Veja bem – observou Holmes enquanto íamos e vínhamos na frente da casa –, esse casamento simplifica bastante as coisas. Agora a foto se torna uma faca de dois gumes. É provável que ela seja tão contrária ao fato de que a mesma chegue ao conhecimento do senhor Godfrey Norton quanto o nosso cliente de que a foto chegue aos olhos de sua princesa. Então, a questão é: onde vamos encontrar essa fotografia?

– É verdade: onde?

– É pouco provável que ela carregue o retrato consigo. É do tamanho de um quadro. Muito grande para ser escondido facilmente na roupa de uma mulher. Ela sabe que o rei seria capaz de armar uma cilada para vir buscar a foto. Duas tentativas desse tipo já foram feitas. Podemos ter certeza, então, de que não está com ela.

– Então, onde estaria?

– Com o banqueiro ou o advogado dela. Existem essas duas possibilidades. Mas não estou inclinado a nenhuma das duas. As mulheres são naturalmente discretas e gostam de ter seus próprios esconderijos. Por que entregaria a outra pessoa? Ela pode confiar em si mesma, em sua própria responsabilidade, mas não sabe qual influência política ou indireta essa guarda teria sobre um homem de negócios. Além disso, lembre-se de que ela resolveu que vai usá-la dentro de alguns dias. Deve estar num local ao seu alcance. Deve estar na própria casa dela.

– Mas a casa foi revirada duas vezes.

– Ora bolas! Eles nem sabiam onde procurar.

– Mas como você vai fazer isso?

– Não vou fazer.

– Como é?

– Vou fazer com que ela mostre para mim.

– Mas ela vai recusar.

– Ela não conseguirá recusar. Ouço o ruído de rodas. É a carruagem dela. Agora, execute as minhas ordens literalmente.

Enquanto ele falava, o brilho das lanternas laterais de uma carruagem passava pela curva da avenida. Era um pequeno e elegante landau que chacoalhou até a porta de Briony Lodge. Quando o veículo chegou, um dos homens desocupados que estava na esquina tentou correr para abrir a porta, com a esperança de ganhar algum tostão, mas foi barrado por outro inútil, que se adiantou com a mesma intenção. Iniciou-se então uma disputa feroz, que foi engrossada pelos dois guardas que tomaram partido de um dos preguiçosos, e pelo amolador de tesouras, que ficou do outro lado. Socos foram desferidos, e em um segundo a dama, que tinha apeado da carruagem, era o centro das atenções de um pequeno amontoado de homens zangados que lutavam e se agrediam selvagemente com punhos e bastões. Holmes entrou no meio da confusão para proteger a senhora, mas, quando a alcançou, deu um grito e caiu no chão, com sangue escorrendo pelo rosto. Ao vê-lo cair, os guardas fugiram numa direção e os vagabundos na outra, enquanto algumas pessoas mais bem-vestidas, que haviam observado a briga sem participar, se reuniram para ajudar a senhora e para atender ao homem ferido.

Irene Adler, como continuarei a chamá-la, tinha subido os degraus apressada, mas parou no alto, com sua figura belíssima esboçada contra as luzes da sala de estar, olhando para a rua.

– O pobre cavalheiro está muito machucado? – ela perguntou.

– Ele morreu – gritaram várias vozes.

– Não, não, ainda há vida nele! – outra pessoa gritou. – Mas vai morrer antes de chegar ao hospital.

– É um camarada corajoso – comentou uma mulher. – Teriam levado o relógio e a bolsa da senhora se não fosse ele. Era um bando perigoso. Ah, ele voltou a respirar.

– Ele não pode ficar largado assim na rua. Podemos levá-lo para dentro, madame?

– Claro! Tragam-no para a sala de estar, onde há um sofá confortável. Por aqui, por favor!

Lenta e solenemente, ele foi levado para Briony Lodge e colocado na sala principal, enquanto eu ainda observava os acontecimentos do meu posto da janela. As lâmpadas foram acesas, mas as cortinas não foram abertas, então eu não conseguia ver Holmes deitado no sofá. Não sei se naquele momento ele se arrependeu do papel que estava fazendo, mas sei que jamais sentirei na minha vida tanta vergonha de mim mesmo do que quando vi a bela criatura contra quem eu conspirava e a graça e bondade com que tratava o homem ferido. No entanto, seria a traição mais cruel contra Holmes se agora eu me recusasse a fazer a parte que ele me havia confiado. Endureci o coração, tirei o rojão debaixo do casaco. Afinal, pensei, não iríamos feri-la. Estávamos apenas impedindo que ela ferisse outra pessoa.

Holmes sentou-se no sofá e eu o vi gesticular como um homem que precisava de ar. Uma empregada correu e abriu a janela. No mesmo instante, vi que ele levantou a mão: a esse sinal, atirei o rojão na sala, gritando "fogo!". Nem a palavra saiu da minha boca e toda a multidão de espectadores, gente bem e malvestida, cavalheiros, cavalariços e empregadas domésticas, juntaram-se à gritaria geral de "fogo!". Grossas nuvens de fumaça atravessaram a sala e saíram pela janela aberta. Vislumbrei figuras correndo e, no momento seguinte, escutei a voz de Holmes garantindo a todos que era um alarme falso. Infiltrando-me no meio da multidão assustada, fui para a esquina e, dez minutos depois, me alegrei de encontrar o braço do meu amigo sobre o meu e de sair da cena do tumulto. Ele caminhou rápido e em silêncio por alguns minutos até que virássemos numa rua tranquila que levava a Edgeware Road.

– Você se saiu muito bem, doutor – ele observou. – Não poderia ter sido melhor. Está tudo certo.

– Conseguiu a fotografia?

– Sei onde está.

– Como descobriu?

– Ela me mostrou, como eu lhe disse que faria.

– Continuo não entendendo.

– Não desejo fazer mistério – ele disse, rindo. – A questão era muito simples. Você, claro, viu que todos na rua foram cúmplices. Foram todos contratados por uma noite.

– Deu para perceber.

– Então, quando a briga estourou, eu tinha um pouco de tinta vermelha na palma da minha mão. Eu me adiantei, caí, bati com a mão no rosto e me tornei um caso digno de dó. É um truque velho.

– Também deu para entender isso.

– Depois, as pessoas me carregaram. Ela teve que permitir a minha entrada. O que mais poderia fazer? E na sala de estar, que era exatamente o local que eu suspeitava. Estaria ali ou no quarto dela, e eu estava decidido a saber onde. Fui colocado num sofá, fiz sinal pedindo ar, eles foram obrigados a abrir a janela e você teve sua chance.

– Como isso ajudou?

– Foi muito importante. Quando uma mulher pensa que sua casa está em chamas, seu instinto é de imediato apressar-se para salvar o que lhe é mais valioso. É um impulso totalmente irresistível e mais de uma vez já tirei vantagem dele. Foi útil para mim no caso do escândalo da substituição de Darlington e também na questão do Castelo de Arnsworth. A mulher casada agarra seu bebê; a solteira pega seu porta-joias. Agora ficou claro para mim que a nossa dama de hoje não tinha nada mais precioso para ela em casa do que aquilo que estamos buscando. Ela correria para proteger isso. O alarme de fogo foi perfeito. A fumaça e os gritos eram suficientes para abalar nervos de aço. Ela reagiu lindamente. A fotografia está numa cavidade que existe atrás de um painel deslizante à direita, logo acima do cordão da sineta. Ela chegou lá num segundo e eu percebi de relance, quando ela quase retirou a foto dali. Assim que gritei que era um alarme falso, ela devolveu a fotografia no lugar, olhou para o rojão, saiu da sala correndo e não a vi mais desde então. Eu me levantei, pedi desculpas e escapei da casa. Hesitei se tentava levar a fotografia logo de uma vez, mas o cocheiro entrou e, como ele estava me observando de perto, pareceu mais seguro esperar. Um pouco de excesso de precipitação poderia arruinar tudo.

– E agora? – perguntei.

– Nossa missão está praticamente concluída. Virei com o rei amanhã e com você, se quiser nos acompanhar. Seremos recebidos na sala de estar enquanto esperamos a senhora. Mas é provável que, ao entrar na sala, ela não encontre nem nós, nem a fotografia. Vossa majestade poderá ter o prazer de recuperá-la com as próprias mãos.

– E quando você vai chegar?

– Às oito da manhã. Ela não estará acordada, então teremos o território livre. Além disso, precisamos ser rápidos, pois esse casamento pode significar uma mudança completa em sua vida e em seus hábitos. Vou me comunicar com o rei sem demoras.

Chegamos à Baker Street e paramos na porta. Ele procurava a chave nos bolsos quando alguém passou cumprimentando:

– Boa noite, senhor Sherlock Holmes.

Havia várias pessoas na calçada naquele momento, mas a saudação pareceu ter vindo de um moço magro apressado que usava sobretudo.

– Já ouvi essa voz antes – observou Holmes, olhando a rua mal iluminada. – Mas, que diabos, de quem seria?

Capítulo III

Naquela noite, dormi na Baker Street, e estávamos envolvidos com nossas torradas e o café da manhã quando o rei da Boêmia entrou esbaforido na sala.

– Você realmente conseguiu! – ele gritou, agarrando Sherlock Holmes pelos ombros e olhando ansioso no rosto dele.

– Ainda não.

– Mas tem esperanças?

– Tenho esperanças.

– Então, vamos. Estou impaciente para sairmos.

– Precisamos chamar uma carruagem de aluguel.

– Não, a minha está esperando.

– Então isso simplificará as coisas.

Descemos e mais uma vez seguimos para Briony Lodge.

– Irene Adler se casou – Holmes anunciou.

– Ela se casou?! Quando?

– Ontem.

– Mas com quem?

– Com um advogado inglês chamado Norton.

– Mas não é possível que ela o ame.

– Espero que ame.

– Por quê?

– Porque isso pouparia vossa majestade do medo de futuros dissabores. Se essa senhora ama seu marido, ela não ama vossa majestade. E se ela não ama vossa majestade, não há razão para que interfira nos planos de vossa majestade.

– É verdade. Ainda assim... Bem! Eu gostaria que ela fosse da minha própria classe! Que rainha ela seria!

Ele se recolheu num silêncio melancólico, que não foi quebrado até chegarmos à Serpentine Avenue.

A porta de Briony Lodge estava aberta, e uma mulher idosa esperava nos degraus. Ela nos observou com um olhar irônico quando saltamos da carruagem.

– É o senhor Sherlock Holmes, correto? – ela perguntou.

– Sou o senhor Holmes – o meu companheiro confirmou, olhando para ela perplexo e intrigado.

– Pois bem! A minha patroa disse que você provavelmente viria. Ela partiu com o marido nesta manhã, no trem das cinco e quinze da estação Charing Cross rumo ao continente.

– O quê! – Sherlock Holmes cambaleou para trás, decepcionado e pálido de surpresa. – Quer dizer que ela deixou a Inglaterra?

– Para nunca mais voltar.

– E os papéis? – perguntou o rei com a voz embargada. – Tudo está perdido.

– Veremos. – Holmes passou pela empregada e correu para o salão, seguido pelo rei e por mim. Os móveis estavam espalhados em todas as direções, com as prateleiras desmontadas e as gavetas abertas, como se a senhora tivesse rapidamente saqueado tudo antes de fugir. Holmes correu até o cordão da sineta, rasgou o pequeno painel deslizante e, enfiando a mão, retirou uma fotografia e uma carta. A fotografia era da própria Irene Adler vestida em traje a rigor e a carta, endereçada "Para o senhor Sherlock Holmes. Esta carta deve ser deixada aqui até que ele venha retirá-la". O meu amigo rasgou o envelope e nós três lemos a carta juntos. Estava datada da meia-noite anterior e dizia o seguinte:

Meu caro senhor Sherlock Holmes:

Você foi realmente incrível. Fez tudo certo e me enganou completamente. Até o momento do alarme de "fogo", não suspeitei de nada. Porém, ao perceber que eu mesma havia me traído, comecei a pensar. Fui prevenida contra você meses atrás, quando me disseram que, se o rei empregasse um agente, certamente seria você. Inclusive me deram o seu endereço. No entanto, apesar de tudo isso, você me fez revelar o que queria saber. Mesmo depois de ficar desconfiada, achei difícil pensar mal de um clérigo tão bondoso e amável. Mas, como sabe, eu também fui treinada como atriz. O traje masculino não é novidade para mim. Muitas vezes, aproveito a liberdade que ele me dá. Mandei John, o cocheiro, vigiá-lo, subi a escada, troquei a minha roupa de passeio, como eu a chamo, e desci bem quando você saía.

Bem, segui você até sua porta e então me certifiquei de que era realmente objeto de interesse para o famoso senhor Sherlock Holmes. Então, com bastante imprudência, desejei-lhe boa-noite e fui para Inner Temple encontrar meu marido.

Nós dois achamos que o melhor recurso era fugir, quando perseguidos por um adversário tão formidável. Por isso, você encontrará o ninho vazio quando vier amanhã. Quanto à fotografia, o seu cliente pode descansar em paz. Eu amo e sou amada por um homem melhor do que ele. O rei pode fazer o que quiser, sem objeções de alguém que ele enganou cruelmente. Vou guardá-la só para me salvaguardar e para preservar uma arma que sempre me protegerá de qualquer passo que ele possa dar no futuro. Deixo uma fotografia que ele talvez goste de possuir.

E permaneço, caro senhor Sherlock Holmes, mui cordialmente sua

Irene Norton, ou Adler, sobrenome de solteira.

– Mas que mulher, puxa, que mulher! – exclamou o rei da Boêmia quando terminamos de ler a epístola. – Não lhe disse que ela era rápida e decidida? Não teria se tornado uma rainha admirável? Não é uma pena que ela não fosse da minha classe?

– Pelo que vi da senhora, ela parece realmente ser de um nível muito diferente de vossa majestade – Holmes comentou com frieza. – Lamento não ter sido capaz de levar o caso de vossa majestade a uma conclusão mais bem-sucedida.

– Muito pelo contrário, meu caro senhor – exclamou o rei. – Não poderia ser mais bem-sucedido. Sei que a palavra dela é inviolável. A fotografia agora está tão segura como se estivesse no fogo.

– Fico feliz em ouvir vossa majestade dizer isso.

– Tenho uma dívida imensa com você. Por favor, diga-me de que maneira posso recompensá-lo. Este anel... – Ele tirou do dedo um anel de esmeralda em formato de serpente e colocou na palma da mão de Holmes.

– Vossa majestade tem algo que eu valorizaria ainda mais – disse Holmes.

– Basta dizer o que é.

– Essa fotografia!

O rei olhou para ele admirado.

– A foto da Irene! – ele exclamou. – Certamente, se você quiser.

– Agradeço a vossa majestade. Então, não há mais a fazer neste caso. Tenho a honra de lhe desejar uma boa manhã. – Ele se curvou e, afastando-se sem reparar na mão que o rei estendia para ele, partiu comigo para casa.

E foi assim que um grande escândalo ameaçou afetar o reino de Boêmia e que os melhores planos do senhor Sherlock Holmes foram derrotados pela astúcia de uma mulher. Ele, que costumava caçoar da inteligência das mulheres, deixou de fazer isso ultimamente. E toda vez que fala de Irene Adler, ou quando se refere à sua fotografia, é sempre sob o honroso título de "a mulher".